GW01418680

Les Gens de l'été

Janine Montupet

Les Gens de l'été

ROMAN

Albin Michel

© Éditions Albin Michel S.A., 2002
22, rue Huyghens, 75014 Paris

www.albin-michel.fr

ISBN 2-226-13382-8

A Aurélia.

1

Ma cohabitation avec Louis XIV m'avait longtemps laissé indifférent. Je m'étais assis en face de lui, au matin de mes sept ans, inaugurant l'autorisation de prendre désormais mes repas à la table familiale.

Le Roi m'avait, en quelque sorte, précédé dans notre salle à manger. Et pas seul. Il y avait aussi Philippe V d'Espagne et l'infante Marie-Thérèse. Plus beaucoup de seigneurs que mon père me présenta. Il pensait que l'éducation esthétique à la John Ruskin[1] : pas de jouets, aucune distraction enfantine, rien d'autre que la contemplation des chefs-d'œuvre, c'était exagéré. Alors que s'imbiber doucement, len-

---

1. John Ruskin (1819-1900) : critique d'art, écrivain et sociologue anglais. *(N.d.A.)*

tement de beauté, dans une ambiance artistique constante, voilà qui formait l'œil à jamais.

Cet œil, on me le dirigea sur l'histoire du
roi Louis XIV, tenture en six épisodes déroulés
sur les murs de notre maison.

Outre cette *Entrevue des Deux Rois* dans
notre salle à manger, il y avait *Le Sacre* dans le
bureau de mon père, *Le Mariage* au salon,
L'Audition du comte de Fuentes et celle du *Nonce
Chigi* dans le grand escalier. *La Visite aux Gobelins* était, comme il se devait, dans la galerie
où nos clients venaient choisir et acheter ce que
leur proposait Commandeur et Fils, tapisseries
anciennes.

Ce matin-là, en croquant ma tartine, j'avais
donc fait connaissance, non seulement de
Louis XIV, du roi d'Espagne et de sa fille, mais
encore de Turenne, du maréchal de Gramont
et de quelques autres.

Mon père ne sut jamais quel tort fit à cette
noble assemblée ma collection d'images d'in-
sectes offertes par Peter, Cailler, Kolher et Nes-
tlé, que je collais avec amour dans l'album,

gracieusement offert aussi, par ces quatre chocolatiers suisses.

Mes yeux étant au niveau des pieds des rois, je pus constater que rien ne ressemblait plus à de gros coléoptères que les noirs brodequins de Philippe V. En revanche, les fines chaussures de Louis XIV, à talons rouges et nœuds ailés, étaient de bien jolis papillons. Cela m'amena à me demander si je devais signaler à ma mère que la cuisinière faisait d'abord choisir à sa petite fille les images glissées entre le papier d'argent et celui de l'emballage des tablettes de chocolat. A moi, on ne donnait que celles dont Odile ne voulait pas ou qu'elle n'avait pu échanger à l'école. J'avais trois Cyclommatus-Philippe V et j'attendais le Zugoen-Louis XIV avec impatience.

Mais c'était là une situation délicate, parce que Odile était tout de même gentille. Elle acceptait de jouer aux billes avec moi.

Remontant jusqu'aux perruques des rois et de ceux de leurs suites, en ne cessant de regarder la tapisserie – ce qui avait dû enchanter mon père –, je me demandais si une intervention de ma mère, réclamant pour moi quelques

11

papillons, était souhaitable. Il s'agissait de déci-
der si je préférais continuer à voir le soleil allu-
mer les belles boucles rousses d'Odile ou aug-
menter ma collection d'images.

2

Mon père, dont la compagnie était M. de Saint-Simon et Mme de Sévigné, prit l'habitude de s'asseoir, chaque soir, au pied de mon lit et de me distiller quelques extraits de leurs œuvres. Ça, quoi qu'il en pensât, c'était du John Ruskin tout pur, parce que, tout de même, je n'avais que huit ans.

Ce ronron ne manquait jamais de me faire somnoler. Mon subconscient, pourtant, enregistrait. Il m'arrivait de me souvenir, le lendemain, de phrases entières du texte lu la veille.

J'ai connu, beaucoup plus tard, une jeune fille dont le père était protestant et la mère catholique. Respectueux chacun des croyances de l'autre, ils avaient décidé que leur enfant, à sa majorité, choisirait elle-même sa religion. Toutefois, conscients qu'il lui fallait une adoration à entretenir, ils lui donnèrent celle de Napoléon Ier. On lui fit choisir le portrait de l'empereur qu'elle préférait. Elle eut, au-dessus de son lit – à la place d'un crucifix –, celui qu'Ingres fit du Premier consul en habit de velours rouge. Elle obtint d'avoir une robe de même ton et de même tissu pour ses dimanches. Elle la mettait pour assister aux premières communions de ses amies catholiques. Et, tout comme à moi, son père lui faisait la lecture le soir. Des passages du *Mémorial,* dans son cas. Cela l'endormait aussi. Comme moi encore, croyant qu'elle n'avait pas écouté, elle s'étonnait de s'éveiller la nuit pleurant sur les malheurs du captif de Sainte-Hélène. Cette similitude de nos existences nous avait rapprochés. Je fus attristé lorsque Elisa quitta Paris pour Marseille. Elle m'envoya une carte de l'île d'Elbe que j'ai longtemps gardée, parce que, à cette époque, je ne recevais de courrier de personne.

3

J'allais entrer à Condorcet lorsque mon père crut devoir me faire remarquer, une fois de plus, combien j'avais de la chance que soit quotidiennement offert à mes regards ce que mes condisciples seraient obligés d'aller admirer à Versailles, il parlait là encore de cette tenture de l'*Histoire du Roi*, d'après les dessins de Lebrun, exécutée en basse-lisse avec or à la manufacture royale des Gobelins.

A cette époque-là, j'étais amoureux de ma partenaire du cours de danse. Elle venait parfois goûter à la maison. La vue de l'infante Marie-Thérèse dans ses vertugadins lui faisait regretter que les modes changent. Si elle avait porté une aussi raide et vaste robe, elle aurait pu, disait-elle, y dissimuler le chat siamois qu'elle désirait tant et que sa mère lui refusait.

Elle avait ajouté :

— Tu sais comme ils sont les chats, ils viennent se frotter à nous en ronronnant. Le mien serait si content d'habiter là et de se caresser contre mes jambes.

Les jambes de Clotilde !

Je les admirais quand elle me montrait les pas à exécuter parce qu'elle était plus douée que moi.

Un siamois à qui il serait permis de vivre en contact permanent avec ses mollets, sous ses jupes... Je me mis à rougir dès que j'apercevais ma danseuse.

4

Vers ma quinzième année, mon père me surprit dans notre escalier dont, contrairement à
mon habitude, je ne dévalais pas les marches
de pierre à toute allure.

J'avais fait une pause devant le nonce Chigi
auquel Louis XIV donnait audience.

– Te souviens-tu de ce que je t'ai expliqué ?
Dis-moi pourquoi le duc d'Harcourt est le seul
à avoir le droit de rester coiffé en présence du
roi.

A voir mon air ahuri, mon père n'insista
pas.

Je n'avais fait une halte face à la tapisserie
que pour tenter de me rappeler où j'avais mis
le tournevis que Fernand, notre chauffeur,
m'avait prêté. J'allais le rejoindre dans les
anciennes écuries de notre hôtel devenues

garage, et il me réclamerait son outil avant de me donner ma leçon de mécanique et de conduite automobile, quotidienne et secrète.

5

J'étais en seconde année de mes études d'histoire de l'art, imposées par mon père, lorsque celui-ci eut la joie de me voir prendre des notes et faire des photos de ces tapisseries qu'il vénérait et ne vendrait jamais à personne.

Il me précisa, une fois de plus, que cette quatrième suite, que l'on avait crue longtemps disparue, avait été découverte par mon grand-père. Hélas, il était mort sans avoir eu le bonheur de trouver aussi les huit autres pièces de l'*Histoire du Roi* : les batailles livrées par Louis XIV pendant son règne. Et je savais, bien qu'il ne le précisât jamais, que mon père espérait ne pas disparaître, lui, avant d'avoir déniché les hauts faits d'armes de Louis le Grand, version Gobelins.

Mon intérêt, ce jour-là, pour cette tenture

de l'*Histoire du Roi*, n'était pas né d'une subite passion pour les tapisseries, mais de la seule nécessité de faciliter un exposé que je devais faire. Mon père crut pourtant qu'enfin « je m'y mettais ».

Ma mère ternit son bonheur en lui demandant s'il savait où je passais une partie de mes nuits. Devant son ignorance, elle lui apprit que j'étais l'un des noctambules de Montparnasse, acoquiné à une bande de peintres dont on voyait quelques méfaits sur les murs de ma chambre. Elle pouvait les lui faire apprécier pendant que j'étais « là-bas ».

Mon père vit. Et ne dit rien. En tout cas, pas à moi.

S'il m'avait interrogé, un soir, dans son bureau, face à Louis XIV recevant sa couronne entouré de princes, de ducs, en grands manteaux garnis d'hermine et portant couronne aussi, peut-être lui aurais-je raconté mon entrée chez ceux de « l'Ecole de Paris ».

Celle qui m'avait parrainé s'appelait Alice Prin, mais tous disaient Kiki, Kiki de Montparnasse. Une belle fille au teint crémeux qui riait ou pleurait, hurlait ou se taisait, se trémoussait ou s'endormait sur sa chaise, mais jamais ne se situait autrement que dans des positions extrêmes. J'étais, comme beaucoup d'autres, amoureux d'elle.

Elle était au désespoir, une nuit, d'avoir brûlé, avec une cigarette, son plus beau chandail. Je l'entendis raconter qu'il était d'un ton de jaune très particulier. Et impossible, ajoutait-elle, de trouver une laine de ce coloris pour son raccommodage. Elle avait dit aussi : « C'est foutu, j'en suis malade. »

Non ! Rien n'était perdu. J'étais là, moi !

6

Moi, Louis-Gabriel Commandeur, le fils du plus important marchand de tapisseries anciennes de Paris qui, s'il n'avait pas dans son atelier de réparation les trente-six mille coloris de laines et de soies de la manufacture des Gobelins, en avait bien quelques centaines.

Un mur entier de ce que ma mère appelait « l'infirmerie » alignait, du sol au plafond, sur ses étagères, des boîtes dûment étiquetées et numérotées. Elles contenaient les écheveaux qui panseraient les blessures du temps des trésors entassés dans nos réserves.

La vieille Mlle Blanche, l'infirmière en chef, dirigeait les opérations de sauvetage. Mon père l'appelait Blanchette. Je l'avais toujours connue. Elle faisait pour moi partie de la grande salle munie d'une table presque aussi grande, sous laquelle j'avais joué les jeudis de mon enfance.

Ne la voyant jamais ni arriver ni partir, j'ai longtemps cru que Blanchette vivait parmi ses blessés dont elle me disait : « Regarde ça ! Quels sont les sauvages qui nous ont massacré cette bordure ! » Et elle me montrait les trous qui avaient avalé une rose, un lys ou du feuillage. Parfois c'était plus grave : un cheval éborgné ou le nez d'un personnage arraché.

Elle était assistée de deux jeunes filles – ses nièces – aux regards perçants qui secondaient le sien affaibli par l'âge. Elle les formait à son métier avec une sévérité jugée excessive par ma mère qui, au temps de la jeunesse de Blanchette et de la sienne, avait été jalouse des louanges que mon père ne cessait de prodiguer à son « irremplaçable » réparatrice.

J'étais amoureux de Lisa, la nièce blonde – l'autre, Adrienne, était brune et laide – et je lui faisais une cour muette en déposant chaque dimanche soir un petit bouquet qu'elle trouverait, le lundi matin, à sa place à la table de travail. Elle me remerciait en fleurissant une boutonnière de sa blouse blanche.

23

Blanchette ne me tolérait jamais longtemps dans son domaine. Lisa et moi ne pouvions échanger que des regards. Ce qui ne dut pas suffire à une fille dont ma mère disait qu'elle devait être explosive. J'appris, un jour, son mariage et son départ, ulcéré à la pensée qu'elle était fiancée depuis longtemps mais continuait à porter mes roses à son corsage. Je découvrais la perfidie féminine.

On ne remplaça pas Lisa. Adrienne aux yeux perçants suffisait. Elle était capable, après examen de la blessure d'une tapisserie, de choisir, debout dans le grand jour entrant par les baies vitrées de l'atelier, et sans avoir à y réfléchir, même une seconde, les couleurs des laines nécessaires au pansement : vert 75, brun 117, et rouges 46 et 47.

Un seul ennui, elle était toujours aussi laide.

J'attendis, ce soir-là, que l'atelier fût désert. Adrienne m'intimidait. J'avais toujours l'impression qu'elle m'examinait avec autant d'attention que les réparations à faire. Comme si elle cherchait de quels coloris je relevais.

Seul enfin, face au mur des laines, je fis ma

moisson de jaunes. Très excité. J'imaginais les
regards éblouis de Kiki devant cette botte
d'écheveaux ensoleillés nouée par des fils d'or.
Ceux-là, les fils d'or, je savais qu'ils étaient
comptés. Tant pis ! J'offrirais des chocolats à
Blanchette contre son silence.

7

Kiki était encore à la Coupole, elle poussa un cri de surprise en recevant son bouquet de laines. Toute la salle l'entendit.

Ceux qui l'entouraient se précipitèrent pour admirer les quelque cinquante tons de jaunes qu'elle éparpillait avec ravissement sur sa table, après avoir écarté verres et soucoupes.

Ce fut à qui déciderait du coloris qui s'adapterait le mieux au chandail brûlé. Un joyeux chahut.

Man Ray, l'ami de Kiki, américain et photographe, imposa son choix. Les autres se récrièrent, il n'était pas le plus apte à assortir les couleurs, lui qui ne travaillait que dans les noirs et les blancs. (C'était injuste, il était peintre, aussi.)

Kiki fit taire son entourage et décida que

c'était moi, vivant parmi tant de tons si subtils, qui savais ce qu'il fallait.

– Le petit tapissier est le meilleur juge.

Le surnom me resta. J'étais désormais pour tous ce « petit tapissier » – malgré mon mètre quatre-vingts – si serviable, si attentionné...

Chacun en rajouta. Je fus le roi de la soirée. Je faisais enfin partie du clan ! A la Coupole comme au Jockey.

On me fit parler. Y avait-il vraiment trente-six mille coloris de laines et de soies à la Manu-facture royale ? Ah ! Il fallait de toute urgence aller voir ça !

Je pérorai sur la *Théorie des couleurs* fondée sur l'utilisation des cercles chromatiques. Nombreux étaient les artistes qui avaient lu le livre de Chevreul, directeur des ateliers de tein-turerie des Gobelins au XIXe siècle. Cela ne me troubla pas. Je continuai. J'exposai que les trois couleurs de base : rouge, jaune, bleu, présen-taient soixante-douze tons qui, multipliés par deux cents nuances par ton donnaient quatorze mille quatre cents coloris référencés et codifiés, etc., etc. On ne pouvait plus m'arrêter.

En m'endormant, au petit matin, je pensais à la tête qu'aurait fait mon père en me découvrant si savant.

Elle avait raison, la fille au culte napoléonien : ce qu'on entend le soir avant de s'endormir, notre petite cervelle le programme, comme on dit maintenant.

Ainsi, j'étais devenu l'ami de tous. On me fit même l'honneur suprême de me permettre de jouer aux boules sur la terrasse de la Coupole avec MM. les peintres. De ceux-là, je devins l'admirateur éperdu.

Dans leurs moments de dèche d'un noir d'encre, il arrivait que l'un d'eux vînt trouver le petit tapissier pour lui vendre une toile, un dessin, un collage. Mes revenus d'étudiant étaient maigres. Je me suis souvent contenté d'un café-crème et d'un croissant en guise de déjeuner pour économiser « en cas de ».

Lorsque je regarde aujourd'hui cette ébauche de collection de peintures, je me dis : « Ce petit

Chagall m'a à peine coûté le renoncement à six ou sept déjeuners à prix fixe à notre brasserie habituelle. »

Mon père n'ignorait pas les nouvelles tendances de cette époque, l'étonnante remise en question de l'art traditionnel, les démarches des cubistes, des fauvistes ou des réalistes, et les abstractions que les Russes, réfugiés en France, étaient en train de créer. Il connaissait certains courtiers gagnés à ce modernisme. Il ne méprisait pas leurs activités, mais ne croyait pas en leur avenir.

Il se doutait que je rognais sur mes mensualités pour satisfaire un goût qu'il ne partageait pas. Pourtant, un jeune homme de dix-huit ans qui s'intéresse à la peinture, même si elle est discutable, cela devait lui plaire. Du moins, je l'espérais.

8

Mes études finies, je redoutais un ultimatum de ce genre : « Mon fils, les tapisseries des XVIIe et XVIIIe siècles nous font vivre depuis trois générations. Il est donc essentiel que tu leur consacres, désormais, tout ton temps. Même si tes goûts – qui évolueront, je l'espère – continuent à s'égarer. » (J'avais, avec le très modeste héritage d'une vieille tante, achevé de couvrir ma chambre de plusieurs œuvres de « mes amis », ce qui justifiait cette dernière remarque.)

J'attendais donc un sermon en me préparant à faire admettre que le commerce des gobelins, beauvais et autres flandres, non, ce n'était pas mon idéal. J'avais décidé de jouer net et franc.

Je commencerais par le choc ressenti à la découverte des premiers Braque ou Juan Gris. Cela avait tout d'abord été pour moi le rappel de la magie de certains mots dont je ne savais pas le sens dans ma petite enfance, mais dont les consonances me transportaient. J'avais rêvé des heures sur *Mésopotamie*, *pithécanthrope* et *rhododendron*.

J'avouerais ensuite m'y connaître à peine en peinture, mais avoir eu des coups de cœur. Puis je dirais qu'on ne fait bien que ce qu'on aime, et que hélas, les tapisseries...

Je m'attendais à être remis à ma place avec des arguments fracassants. Ou, pire encore, à me trouver face au réel chagrin de celui qui attendait que soit enfin justifié le « et Fils » qui suivait le nom de Commandeur.

9

J'avais sous-estimé mon père.

Il m'invita à déjeuner au Véfour, pour me parler, dit-il.

Il ne troubla pas la succulence de ce qui nous était servi par la moindre mercuriale.

Lorsqu'il eut allumé son havane habituel, moi mon premier cigare, et que nous fut servi un illustrissime cognac, il sortit une lettre de sa poche. Puis me la lut pour appuyer sur certains mots dont il devait craindre que je ne pèse pas assez le sens :

Les Gens de l'été

Villa Océane
Newport
Rhode Island
E.-U.

> *Commandeur et Fils*
> *Tapisseries anciennes*
> *Fg. Saint-Honoré*
> *Paris.*
>
> *Le 16 juin 1926*

Monsieur,

On me dit que vous êtes le seul à pouvoir me procurer la troisième pièce de la suite Les Bosquets de Versailles, *d'après les cartons du peintre Cotelle, sortie de la manufacture des Gobelins au* XVIIe *siècle.*

Je possède les deux premières : Bosquet de l'Arc de triomphe *et* Bosquet du Marais. *Il me manque celui dit* du Labyrinthe.

J'en aurais besoin assez vite pour achever la décoration à laquelle je destine ces œuvres.

Avec mes remerciements, sincèrement vôtre.

> *Mildred Baxter-Sloane.*

33

P.S. : Parmi ma collection de tapisseries, il en est qui ont subi quelques dégâts. J'aimerais savoir si elles sont réparables.

Pourriez-vous m'apporter vous-même mon Bosquet *et rester quelques jours chez moi ? Newport ne manque pas d'attraits et vous auriez le plaisir de retrouver, dans les demeures voisines de la mienne, certains de vos clients.*

M.B.S.

Mon père commenta :

— Ces Américaines ne doutent de rien ! Et avec leur dollar à cinquante francs, elles finiront par avaler notre patrimoine entier... Sais-tu ce que l'une d'elles m'a dit un jour ? « Nos maris nous recommandent : achetez, achetez, nos descendants trieront tout ça. »

— C'est chez nous qu'elle a trouvé ses deux premiers *Bosquet* ?

— Non. Et du diable si je sais où sont les autres. Elle paraît ignorer que la suite en question en comprenait six. Quoi qu'il en soit, voici ce que je te propose...

Ce qu'il m'offrait me fit abandonner mon

premier cigare – qui d'ailleurs m'écœurait – et vider mon verre de cognac d'un coup.

Je devenais, dès maintenant, l'assistant de mon père. Je partais à la recherche du *Bosquet* en question. J'avais droit, pour cette quête, à la 5 HP Citroën jaune serin que mes parents allaient remplacer par la 10 HP de même marque, couleur bordeaux. Et, l'objet trouvé, ce serait moi qui l'apporterais à Newport, Rhode Island, E.-U.

Une automobile et un voyage en Amérique !

10

Mais cette tapisserie, où allais-je la dénicher ?

D'abord, la routine, dit mon père : enquêtes chez les confrères, entrefilets dans les gazettes spécialisées, lecture attentive des catalogues de vente, etc.

Il acheva de me convaincre avec un joyeux : « Et si cela ne donne rien, à toi de parcourir le pays et de fouiner ici et là. »

Sillonner la France dans ma 5 HP Citroën !

Oui mais... dans le cas où je le dénicherais, le *Bosquet*, serais-je à la hauteur de ce que Mrs. Baxter-Sloane attendait de l'envoyé de la maison Commandeur et Fils ?

Balayage énergique de mes scrupules.

– Tu en sais plus que tu ne crois. Les tapisseries, tu vis avec elles. Tiens, déjà lorsque

Etiennette... Tu te souviens d'elle ? Elle travaillait chez nous, et elle te disait, en te prenant par la main – tu devais avoir à peine cinq ou six ans : « Viens-t'en, petit, on va cacher le soleil pour qu'il ne mange pas le roi. » Et elle t'emmenait descendre les stores. Eh bien, déjà là, en la regardant, l'*Histoire du Roi*, peut-être, sans croire la voir vraiment, tu t'imprégnais de sa beauté. Tu te faisais l'œil.

Et mon père, en riant, ajouta :

– Le plus drôle, c'est qu'en parlant de supprimer le soleil sur Louis XIV, Etiennette ignorait qu'il s'agissait du Roi-Soleil...

Pour entériner notre accord, mon père m'offrait trois mois de salaire, cadeau d'entrée chez Commandeur et Fils.

Il le regarda, ce fils, avec un mélange de soulagement et de fierté.

Je me suis souvent demandé, par la suite, si ce que je voyais de cette fierté dans son œil le concernait : félicitations pour avoir mené à bien sa manœuvre ? Ou, sait-on jamais, était-il assez content de moi ?

Il faut sans doute très peu de chose pour faire bifurquer ce que l'on croit être sa destinée. Une lettre bleue a suffi, dans mon cas. Avant elle, je me faisais une joie de tenter d'ouvrir une galerie de peintures modernes. Après elle, embarquer mon avenir en 5 HP Citroën et partir à la conquête d'un billet de traversée de l'Atlantique sur le paquebot *Paris* m'enthousiasmait.

J'ai su, bien plus tard, combien mon père avait redouté que ses offres généreuses ne soient balayées par ce qu'il était trop intuitif pour ne pas comprendre : l'attraction que peut exercer sur un jeune homme, à qui on a démontré que les arts passent avant tout, celui de son époque.

Ma mère, qui entretenait des rapports fréquents avec Notre-Dame-des-Victoires, et cela de mon entrée en sixième à ma sortie de la Sorbonne, n'avait pas ménagé ses cierges et ses prières.

Elle se rendait toujours du faubourg Saint-Honoré à la place des Victoires à pied. Elle soutenait que la vraie dévotion ne se pratique ni en automobile, ni en autobus, ni en métro. Elle marchait allégrement et arrivait devant l'autel rose de froid ou de chaud, selon la saison.

Lorsque mon père, revenu de notre déjeuner, lui dit : « C'est fait », elle lui répondit, très calme, bien qu'elle n'ait cessé de s'inquiéter pendant le repas qu'elle avait pris seule face à Louis XIV, Philippe V et l'Infante : « Je le savais. »

11

— Le petit tapissier régale !

Le bruit se répandit vite à Montparnasse : j'avais table ouverte, ce soir-là, à la Coupole, pour fêter mon intronisation chez Commandeur et Fils, ma HP 5 Citroën jaune serin et mon éventuel départ aux Etats-Unis.

Il y avait beaucoup d'Américains à Montparnasse en ces années d'après la Première Guerre mondiale. On les croyait millionnaires tant le change leur était favorable. Ils pouvaient vivre au Meurice ou au Ritz avec les pensions, pourtant modiques, qu'ils recevaient de chez eux, ou les mensualités que leur journal ou leur ambassade leur versaient.

Au cours de notre festin, un attaché de presse me renseigna sur les Baxter-Sloane. Fortune due à des conserves de fruits, puis banques et journaux jaillis des boîtes de fer-blanc primitives. Il ne connaissait pas Mildred intimement, mais savait que cette très jolie femme, ultra-mondaine, dont les photos apparaissaient fréquemment dans les magazines, était une célébrité.

Dès le lendemain, je commençai mon enquête par ce que mon père appelait la routine. Et je suivis les ventes aux enchères parisiennes, des plus petites aux plus grandes. Tout cela sans résultat. Il y avait des centaines de tapisseries sur le marché, mais pas une seule « verdure » consacrée aux bosquets de Versailles.

J'étais loin d'en être attristé. Nous allions maintenant nous élancer sur les routes, ma petite HP 5 et moi.

Et là, un beau matin, la chance !

Pourquoi étais-je allé vers le Poitou plutôt qu'ailleurs ? Je n'en ai jamais rien su. Un pneu crevé m'arrêta non loin d'un château à vendre. Je le visitai pendant qu'on réparait ma voiture.

Il y avait, sur l'un des murs de la salle des gardes, un *Bosquet* ! Pas celui *du labyrinthe*

41

mais celui *de la colonnade*. Mrs. Baxter-Sloane, j'en étais sûr, ne verrait pas la différence.

Mon père ne cria pas au miracle. Il se contenta de murmurer : « Aux innocents... »

Ma mère refit son équipée pédestre et dut royalement récompenser Notre-Dame-des-Victoires, si l'on en croit le mot de remerciement que son curé adressa chez nous et qui fit quelque peu tiquer mon père.

Je reçus des félicitations télégraphiques de Newport, accompagnées d'une invitation en règle à venir passer tout le temps qu'il me plairait à la Villa Océane.

Ma mère, dès lors, s'agita d'autre manière. Elle avait lu quelque part, ou bien on le lui avait dit, que ces milliardaires vivaient de façon ostentatoire. Il me fallait un vestiaire à la hauteur des fastes de Newport. Elle s'y employa. Ma malle-cabine déborda de tout ce qui était nécessaire à un jeune homme de bonne famille allant visiter les seigneurs du Nouveau Monde.

Combien aurais-je pu acheter de tableaux à mes peintres avec ce qui fut dépensé pour moi ?

J'avais parfois des remords, j'étais en infidélité envers mes talentueux amis.

Je pris pourtant un dernier souper avec eux avant mon départ.

Plusieurs des Américains qui avaient adopté Paris dînaient à la Coupole ce soir-là. Ils n'avaient aucune envie de rentrer chez eux, mais une petite nostalgie, en voyant que je partais « là-bas », les fit boire plus encore que de coutume.

Kiki m'offrit l'une des célèbres photos d'elle prises par Man Ray : celle où elle tient une rose entre ses dents. Elle m'embrassa en me la donnant et me recommanda :

— Ne m'oublie pas trop quand tu verras les belles actrices d'Hollywood. Dis-leur qu'ici aussi il y a de jolies femmes. Et glisse-leur que cette photo, on l'a tirée à trois cent mille exemplaires ! Je ne crois pas qu'elles ont pu faire mieux, les Jean Harlow et les Joan Crawford.

12

Gare Saint-Lazare, Le Havre et embarquement sur le *Paris*, paquebot qui ralliait New York depuis 1921.

34 569 tonneaux, 233 mètres de longueur, quatre hélices, trois cheminées.

2 215 passagers, 563 en première classe, dont moi, et 648 hommes et femmes d'équipage. Décor avec beaucoup de miroirs et de fer forgé.

Un vrai palace international flottant.

Je dînai, un soir, à la table, très recherchée, du commandant. (Commandeur et Fils avait fourni certaines des tapisseries de la décoration du *Paris* à la Compagnie générale transatlantique.)

J'eus pour voisine une opulente Américaine

que mon père n'eût pas manqué de qualifier de blonde éternelle.

Nous nous présentâmes et elle me demanda aussitôt :

– Vous n'avez pas peur, vous, que le paquebot prenne feu ?

– Non.

– Moi je vis dans cette terreur dès que je mets le pied à bord.

Je lui racontai alors que les Grecs, jadis, emmenaient toujours un coq avec eux sur leurs navires. Ce volatile était réputé détecter la moindre odeur de fumée. A moins qu'il ne fût là pour porter bonheur. Et je proposai de m'enquérir si ceux qui nous seraient servis au vin ou chasseur avaient été embarqués morts ou vifs.

Après m'avoir dit qu'elle adorait les Français, Mrs. Mortimer me bombarda de questions et apprit chez qui je me rendais.

J'allais chez Mildred ! J'en avais de la chance. Je verrais là ce qu'étaient la splendeur américaine et son hospitalité née du cœur... et de l'argent aussi, bien sûr.

A la fin du repas, la pétulante Agatha – je

devais l'appeler par son prénom – devint, les bons vins aidant, une vraie mère pour moi. Il me fallait savoir, dit-elle, sur quels tapis de soie j'allais poser mes pieds. Une seule des excentricités de Mildred suffirait à la décrire.

Que j'imagine, d'abord, une superbe créature aux extraordinaires yeux bleus, d'un bleu peut-être unique tant il était difficile d'en comparer la beauté au ciel, à la mer, à la gentiane ou à la pervenche, bref, « le bleu Mildred ». Un fabricant de tissus lui avait proposé une fortune pour donner ce nom à une soierie. Evidemment, elle avait refusé.

J'appris alors que, pour célébrer les yeux de sa fiancée, Archibald Baxter-Sloane, troisième du nom, avait voulu, non pas un saphir jugé trop commun, mais un diamant bleu.

– Attention, jeune homme ! Pas un diamant dit blanc-bleu, non, un diamant d'un vrai bleu, et le plus beau, celui des célèbres prunelles.

New York, Paris, Londres, Archie avait enquêté partout, et enfin trouvé. Puis, à la naissance d'un nouvel Archie, quatrième du nom, Mildred voulut un autre diamant bleu pour former, avec le premier, une paire de pendants d'oreilles. Archibald entra en campagne. Ni dans la Cinquième Avenue, ni dans Old Bond Street, ni place Vendôme, il ne trouva le frère de celui qu'il promenait partout en disant : « Je veux son double. »

Il apprit que les diamantaires de la de Beers avaient, dans leur collection privée, ce qu'il recherchait depuis des mois. Mais la de Beers ne voulait pas la déparer, cette collection ! Enfin, il l'eut tout de même sa paire de diamants bleus qui dut lui coûter chaud, et elle fut montée en pendants d'oreilles.

Mildred les essaya devant son miroir. C'était sublime. Puis elle remit le bijou dans son écrin et se tut.

Et Archibald vit de la mélancolie dans son regard...

– Devinez, jeune homme, ce que sa femme lui dit alors.

J'avais écouté avec recueillement. Je hasardai :

– Les pierreries nuisaient-elles, par leur beauté, à celle de ses yeux ?

Agatha Mortimer sursauta, me foudroya d'un regard, noir celui-là :

— Vous connaissiez l'histoire et m'avez laissée vous la raconter en détail !

— Je n'en avais, je vous le jure, jamais entendu parler.

Mrs. Mortimer me regardait toujours, perplexe, puis me dit :

— Si vous ne mentez pas, si cette anecdote vous l'ignoriez, alors, jeune homme, vous irez loin avec les femmes.

Je me sentis pousser des ailes. Il y avait beaucoup de jolies femmes à bord.

Mais Mrs. Mortimer paraissait décidée à faire de moi son monsieur de compagnie. Elle me présentait à tous les Américains qu'elle connaissait, et même à ceux qu'elle voyait pour la première fois si elle les jugeait dignes de faire partie de ce qu'elle appelait « son cercle ».

Je vivais, de ce fait, un brillant esclavage.

A l'exception de mon bain dans la piscine chaque matin à l'heure où Agatha dormait encore et de sa sieste indispensable, disait-elle, à son équilibre, j'étais arrimé à elle jusqu'au bienheureux moment où elle se retirait dans sa cabine de luxe. Dommage que le bal masqué n'ait eu lieu que la veille de notre entrée dans le port de New York. Ce fut le seul soir où je pus lui échapper. Elle ne me repéra pas sous l'apparence du clown blanc que j'étais devenu. Mais ce n'était pas là un déguisement attirant pour les jeunes filles ou jeunes femmes séduites par de vaillants mousquetaires ou de rutilants maharajas...

Je pus, toutefois, m'émouvoir seul à l'entrée dans le port de New York.

Devant la beauté de la ville dressée là comme un mirage au bord de l'eau, je ne jurerais pas que mon regard ne s'embua pas.

Mrs. Mortimer versa aussi une larme mais sur notre séparation. Nous étions désormais « amis à vie », me dit-elle en me pressant sur sa vaste poitrine.

Elle venait tous les ans en France. Nous nous verrions à chacun de ses séjours à Paris.

13

Une Rolls-Royce blanche avec chauffeur en livrée, casquette à la main, m'attendait sur le quai de débarquement.

Je devais ne me soucier de rien, et m'installer dans la voiture. On s'occupait de mes bagages et de la douane. J'avais du café chaud dans une bouteille Thermos, une boisson fraîche dans une autre. Les alcools étaient dans le bar.

Il y avait aussi une couverture en chinchilla. Je reconnus la fourrure, ma mère en avait un petit col.

La tapisserie était trop longue pour tenir dans le coffre. Il me fut, respectueusement, demandé si elle pouvait être pliée et le fut avec grande précaution.

J'aurais aimé que mes parents me voient, fier et digne, boire mon café dans une tasse de sèvres au chiffre M.B.S. tout en admirant la rose trempant dans un uniflore de vermeil – ou d'or ?

Je me disais qu'être si riche ne manquait pas de poésie.

Nous arrivâmes à Newport au milieu de la nuit. J'avais dormi au chaud sous mon chinchilla dès que le paysage n'avait plus été visible.

Les éclairages de la demeure des Baxter-Sloane m'éveillèrent. Que de lumières ! J'en avais les yeux qui papillotaient. Je crus, un instant, qu'il s'agissait d'une ville entière et non d'une seule demeure.

La grille franchie, des jardins traversés, je fus conduit dans un hall où paraissait n'avoir attendu que moi un maître d'hôtel – ou un majordome ? – qui me souhaita une respectueuse bienvenue.

– Monsieur a sa chambre au second, sur la façade, me confia, tel un secret, cet homme à cheveux blancs et à l'allure d'ambassadeur.

Deux, trois, quatre immenses salons puis un ascenseur. Et soudain, une inquiétude me traversa l'esprit. Et ma tapisserie, où était-elle ?

— Dans la salle de désinfection, monsieur.

Et, devant mon air perplexe :

— Que monsieur ne s'inquiète pas. Tous les objets anciens qui pénètrent ici sont soumis au même traitement. Le spécialiste chargé de ce soin est très compétent.

Un lit à baldaquin m'accueillit.

Je m'y endormis sur la vision de la quantité effarante de meubles, tableaux et objets d'art des trois salons que j'avais parcourus. Quelle montagne ils auraient formée si on les avait empilés les uns sur les autres !

J'étais entré dans la démesure américaine.

Je laissai ma fenêtre ouverte sur l'océan bleu de nuit, se confondant avec le ciel.

Je m'éveillai sur le même océan, mais changement de coloris : bleu de cobalt en bas, azur en haut. On ne pouvait s'empêcher de penser aux yeux de Mildred Baxter-Sloane. Quand allais-je la voir, la seule maîtresse de ce palais depuis la mort de son Archibald, chasseur de diamants... bleus aussi ?

On m'apporta à huit heures, comme je l'avais demandé, un petit déjeuner assorti aux fastes ambiants. Si je lui en préférais un autre, il me serait servi dans la *sunroom*, j'avais jusqu'à onze heures pour en profiter. Cette offre était écrite en français, sur un bristol où l'on avait aussi noté le programme de la journée, ainsi que l'heure du rendez-vous que m'accorderait Mrs. Baxter-Sloane dans ses appartements.

Un plan de la demeure était imprimé au dos de ces informations.

On me proposait encore, dans la mesure où cela me conviendrait : une séance de gymnastique avec professeur assisté d'un maître-nageur pour le bain qui suivrait. Cela dès neuf heures, puis, à onze, apéritif sur la plage et *clambake*, si le temps se maintenait au beau.

Après le déjeuner, pour ceux que ne tenterait pas un repos sous la tente aménagée à cet effet, Nancy Butterfield, la célèbre romancière et essayiste, ferait une causerie dans la bibliothèque.

La tenue conseillée pour cette matinée sur la plage, outre un costume de bain, était un pantalon de flanelle blanche et un blazer bleu marine.

L'emploi du temps de l'après-midi se partageait entre les jeux de croquet ou de tennis, avec promenades à pied ou à cheval. Thé à cinq heures. Le dîner à huit, en *black tie*.

Je me mis à rêver à ce que devait être ce *clambake*. Des *clams*... coques chez nous ? Des crustacés peut-être, pour en revenir à ce qui comptait, l'entrevue avec mon hôtesse.

J'attendais, ému, que se posent sur moi ces deux diamants bleus si célèbres.

Vêtu comme conseillé, mon plan de la demeure dans ma poche, mon costume de bain à la main, je descendis le grand escalier de marbre qui allait me conduire dans le hall. Et, sur le palier du premier étage, rencontre inopinée avec mon Louis XIV ! Portrait équestre par Van der Meulen, le peintre qui avait œuvré pour de nombreuses tapisseries des Gobelins. Je me sentis un peu chez moi.

Enfilade des salons et j'émergeai de ce grandiose spectacle en tentant de calculer combien de kilomètres de soieries – sûrement tissées à Lyon – drapaient un ruissellement continu de fenêtres.

Il me fallut traverser ensuite une immense terrasse dallée de marbre occupant toute la façade, de marbre aussi, du palais. Une pelouse, encore plus immense, lui succédait. Je l'admirai quelques instants avant d'oser avancer un pied sur sa verte perfection. Puis je la franchis, très vite, avec un vague sentiment de profanation.

J'atteignis alors l'escalier menant à la plage. C'était le cousin germain de celui de Versailles descendant du château aux jardins.

Du haut de cette pyramide de marches, je pus contempler le spectacle offert.

A quelque deux cents mètres, à vue de nez, une bande de jeunes gens et de jeunes filles en costume de bain jouaient au ballon. Des cabines de déshabillage éclatantes de blancheur pétillaient sous le soleil. Et sur ma droite, l'énorme tente de toile, blanche aussi, où, sans doute, nous déjeunerions.

J'achevai ma descente – aussi noblement que je pus –, ne sachant trop si je devais aller vers les joueurs. J'admirai un sable blond, vierge de toute souillure, artistiquement ratissé. L'océan n'avait qu'à bien se tenir, s'il ne voulait pas que l'équipe de nettoyage maison s'emparât de lui !

Sur la dernière marche, cachée par l'un des énormes vases Médicis débordants de phlox roses, il y avait une toute jeune fille.

14

Elle croquait une pomme.

Entre deux bouchées, elle me dit :

– Venez vous asseoir à côté de moi.

Elle avait une voix aussi nette et aussi fraîche que tout ce qui nous entourait, tout ce qui faisait de ce matin-là un enchantement, un moment magique.

Elle me montra son trognon de pomme.

– Ça, c'était une pomme ! Celles qu'on nous a servies au petit déjeuner, coupées en tranches et reconstituées en forme de fleur, je n'appelle pas ça des pommes. Et vous ?

Elle n'attendit pas ma réponse pour continuer :

– Ici, ce qu'on nous offre aux repas, c'est beaucoup trop compliqué. Sauf le *clambake*. J'espère que le temps va rester au beau et qu'on

en aura un. Voilà de la vraie cuisine, vous ver-
rez... Tous les crustacés et coquillages cuits sur
la plage, exactement comme le faisaient mon
père et mon grand-père ici même, autrefois.

Elle prit un temps de respiration pour ajouter :

— Parce que ici, c'était chez nous, avant. Ma
famille a vendu ses terres aux Baxter-Sloane. Et
ils y ont construit leur palais.

Elle fut occupée ensuite à emmailloter son
trognon de pomme dans un papier pour le
mettre — propreté oblige — dans son petit panier
et elle se tourna vers moi.

— Vous êtes qui, vous ? Vous êtes un invité
ou vous êtes là pour quelque chose ?

Et, sans attendre ma réponse :

— Mon frère, que vous voyez là-bas et qui
joue au ballon, celui au costume de bain noir
et blanc, est ici parce qu'il dessine et peint. On
lui demande de faire des caricatures des gens
qui sont là. Ça les amuse. Moi, je joue du banjo
et je chante. Reggie, lui, deviendra un grand
peintre. Je crois que je ne serai jamais une
grande chanteuse.

Son rire joyeux était assorti au soleil qui

luisait dans ses cheveux auburn et y jetait, par endroits, une flamme orangée.

J'ouvrais la bouche pour tenter de placer un mot, mais elle reprenait déjà :

– Ce que j'apprécie chez Mrs. Baxter-Sloane, c'est qu'elle ne dit pas à ma mère : « J'invite vos enfants à passer une ou deux semaines chez moi. » Elle demande, plus simplement : « Reggie pourrait-il venir nous faire ses caricatures ? Et Cynthia veut-elle chanter pour mes hôtes ? » Comme ça, vous comprenez, on sait où on en est. Alors vous, c'est quoi ?

– Je suis livreur, en quelque sorte.

Elle me laissa expliquer ce que j'apportais avant de préciser que, de toute façon, nous serions aussi bien traités que les invités. Elle ajouta :

– C'est merveilleux d'être ici.

J'approuvai. Mais le merveilleux n'était pas pour moi où elle le pensait. Il était de l'avoir là, sous mes yeux : *elle*, la plus belle créature que j'avais jamais pu contempler.

Comme je la regardais, ébloui, elle me demanda, inquiète :

— Vous trouvez mon costume de bain affreux ? Vous avez raison. Si seulement ma mère cessait de vouloir nous en tricoter... Et en plus, avec lui, je ne peux pas me baigner. Il faut que je vous explique...

Et elle me dit, posant sa main sur son maillot :

— Il déteint ! Ma mère fait sa teinture elle-même quand on lui a filé la laine des deux moutons qu'elle garde pour tondre sa pelouse, les arrière-petits-enfants de ceux qui vivaient autrefois dans notre ferme. Reggie, ça lui est égal s'il sort de l'eau rayé comme un zèbre. Moi, j'ai honte, alors je ne me baigne pas.

— Tant mieux, nous pourrons continuer à bavarder.

Lisait-elle mon admiration éperdue dans mes yeux ? Elle se tut, paraissant tout à coup intimidée. Comme je la vis frissonner, je lui proposai ma veste.

Elle rit de nouveau :

— Je suis déjà suffisamment ridicule avec cet affreux costume...

Nous riions tous les deux.

Et cet accord de nos rires allégea soudain

tout ce qui m'écrasait, m'oppressait ici. La plage, l'océan, le ciel, le soleil et elle me parurent les seules vérités. Paradisiaques.

– Voyez, là-bas, me dit-elle, mon frère sort de l'eau, et le noir dégouline sur ses jambes. Ils rient tous autour de lui et il s'en moque. Moi, je ne pourrais pas.

Elle me regarda, comme si elle se demandait jusqu'à quel point elle devait me faire confiance, avant d'ajouter :

– Lui, ça ne le gêne pas non plus que nous soyons si pauvres au milieu de tous ces gens si riches. Il est sûr d'être célèbre un jour, et ça le mettra à égalité avec les autres.

Elle eut un petit soupir, puis me confia :

– Ma mère est moitié libraire, moitié fleuriste. Elle dit qu'elle n'est jamais parvenue à choisir entre ces deux professions. Alors elle a partagé son magasin. D'un côté, il y a les livres tous rares et anciens, et de l'autre, les fleurs qu'elle cultive elle-même. J'aide à droite et à gauche, surtout côté fleurs. Pour les livres, ma mère n'a pas confiance en mon jugement. Elle les aime trop pour les vendre à n'importe qui et elle dit qu'elle seule sait voir ceux qui sont capables d'apprécier ses trésors. Il faut que vous sachiez que toute sa librairie vient de la bibliothèque d'un Anglais qui était l'ami de mon grand-père et la lui a léguée. En fait, ma mère ne consent à vendre que ceux qu'elle a en double exemplaire. Quand elle n'est pas dans son jardin, elle lit. Je peux vous dire que chaque livre lui est passé par les mains et par le cœur. Souvent, elle nous raconte, le soir, ce qu'elle a lu dans la journée. Nous aimons bien ça, Reggie et moi. Pour ce qui est des fleurs, elle est parfaite aussi. Elle fait des bouquets plus beaux encore que ceux de ce palais. Et elle s'y entend en culture. Elle a hérité du pouce vert de mon arrière-grand-mère.

Brusquement, elle se leva. Nous devions nous diriger vers les joueurs de ballon. Et il allait être l'heure du bain de Mrs. Baxter-Sloane.

— Il vous faut voir ça !

Pourquoi riait-elle ?

Difficile de comprendre ce qui se passe derrière le nacré d'une peau et dans le gris argenté d'un regard.

Je ne bougeai ni ne parlai. Elle en parut un instant décontenancée, puis me lança : « Eh bien ! Nous y allons ? »

Pendant que nous franchissions la portion de plage qui nous séparait de la vingtaine de jeunes gens riant, criant, gesticulant, elle me fit remarquer la propreté du sable et j'appris que, dès quatre heures du matin, une douzaine de personnes pourchassaient le moindre millimètre de quoi que ce soit pouvant offenser la vue ou blesser le pied. J'appris aussi que Dorothy Fairfax, sa mère, avait calculé qu'avec ce que coûtait l'entretien de ce bord de mer pour un mois, elle aurait pu vivre, avec ses enfants, pendant au moins six.

Un jeune homme s'avançait vers nous. Cynthia me chuchota : « C'est Archie, le fils de la maison. » Et il me sembla qu'elle rosissait.

Il était grand, blond, doré au soleil et en costume de bain rouge. L'estampillaient Baxter-Sloane deux très beaux yeux bleus. Le fameux bleu ? Je ne pus poser la question à Cynthia, nous avions rejoint les joueurs de ballon.

J'admirais qu'Archie sût, non seulement qui j'étais, mais me présentât à ses amis en prononçant mon nom sans le moindre accent. Lorsqu'il ajouta que j'arrivais de Paris, il y eut quelques exclamations qui pouvaient passer pour admiratives.

Les regards se détournèrent vite de moi pour se porter sur Mrs. Baxter-Sloane sortant de sa cabine de bain. Les miens restaient rivés sur Cynthia et les siens sur Archie. Inutile de me leurrer, il l'intéressait beaucoup. Beaucoup trop. Je ne m'étais pas trompé, elle avait rougi en l'abordant.

Alors seulement, je contemplai – c'est le mot juste – notre hôtesse en train de s'avancer vers l'eau dans un costume de bain assorti au bleu de la mer ce matin-là. Déjà rôdé aux splendeurs des lieux, je me demandai si elle avait d'autres maillots aux couleurs changeantes de l'océan, selon les heures et le temps. C'est alors que je vis le valet qui l'escortait, tenant une ombrelle ouverte au-dessus d'elle, entrer lui aussi dans l'eau.

— Elle veut éviter que la moindre tache de rousseur ne brouille son teint célèbre, me murmura Cynthia.

— Mais quand le domestique n'aura plus pied ?

— A lui de se débrouiller pour ne nager que d'un bras et laisser l'autre toujours tendu au-dessus de la précieuse tête.

Elle rit en ajoutant que Mrs. Baxter-Sloane se serait bien passée de ce bain que son médecin lui recommandait.

Il y avait dans sa voix de l'ironie, une franche gaieté et peut-être aussi un peu de mépris.

Je lui demandai tout à coup si je n'aurais pas dû m'avancer au-devant de notre hôtesse pour la saluer.

— Ne vous tracassez pas. Vous ne devez pas interrompre ce solennel rituel : la belle Mildred marchant vers l'océan. Maintenant, venez, il faut que je vous présente à mon frère. Il va être heureux de rencontrer un Parisien. Il veut partir étudier la peinture en France et connaître les artistes d'avant-garde. Il veut aussi aller en

Italie, pour les Primitifs. Le seul ennui, dans tout ça, c'est que nous n'avons pas l'ombre d'un penny superflu à consacrer à des voyages.

Elle ajouta peu après :

— Je suis contente que vous soyez arrivé. Parce que vous n'êtes pas comme les autres, là-bas.

— Vous voulez dire les fils de millionnaires ?

— Non. Ce n'est pas seulement la question de l'argent, c'est aussi leur attitude. Je ne compte pas, pour eux. Je suis la petite-fille de celui qui faisait paître ses moutons là où, maintenant, ils s'amusent. Archie, lui, est le seul qui ne nous ignore pas. Enfin, pas trop. Nous avons joué ensemble lorsque nous étions tout jeunes. Il passait ses vacances ici et s'il n'y avait pas d'enfants de son âge au château, on venait nous chercher pour le distraire.

Elle eut un petit rire en disant :

— Maintenant, ce sont ses invités que nous distrayons. Reggie a toujours beaucoup de succès avec ses caricatures. Sauf une fois où il y avait une jeune fille au nez trop long qu'il a encore exagéré en en faisant un vrai quart de *cheesecake*. Elle a pleuré, la pauvre.

– Et qu'a dit Mrs. Baxter-Sloane ?

– Rien. Je ne crois pas qu'elle se soucie des chagrins des autres.

– Vous ne l'aimez pas ?

– Pourquoi l'aimerais-je ? Ce soir, elle me prêtera encore l'une de ses robes pour que je ne dépare pas l'harmonie de l'élégante assemblée de ses amis. Et si je propose de la lui rendre, elle me dira qu'elle ne porte jamais ce que quelqu'un d'autre a porté.

– Alors elle vous la donne ?

– A sa façon. Elle ne se soucie pas de ce que cette robe deviendra. Que je l'emporte ou la laisse dans ma chambre en partant lui est bien égal. Reggie, lui, met des vêtements de son fils. Ils sont de la même taille. Archie l'emmène chez lui et lui dit de choisir ce qu'il veut.

Il y eut, à ce moment, une sorte de branle-bas sur la plage. Des chariots arrivèrent, suivis de deux chefs, suivis eux-mêmes de leurs aides, tous en impeccable tenue blanche.

Commentaire de Cynthia :

– L'installation des cuisines se fait au dernier

moment à cause du temps qui pourrait changer. Il n'y a pas de *clambake* sous la pluie.

Mrs. Baxter-Sloane sortait de l'eau, suivie de son porte-ombrelle, lorsque Reggie nous rejoignit. Il ressemblait à sa sœur. Même beau regard gris, même chevelure auburn, même harmonie de traits parfaits. Il me rappela certains de mes amis de Montparnasse. Il avait cet air que j'avais si souvent remarqué chez eux, ce regard rêveur, capable, brusquement, de sortir du rêve pour rejoindre la réalité avec une grande acuité. Et aussi, une certaine nonchalance dans le geste. Ou encore, cette façon de s'élancer dans une soudaine tirade suivie d'un long silence. Il venait de dire très vite, en avalant quelques syllabes :

– Je voudrais *la* peindre comme ça, dans l'immensité de l'océan, seule avec son ombrelle au-dessus de sa tête, concentrée sur l'exactitude de ses mouvements dans l'eau. Et lui, le faiseur d'ombre, concentré sur l'angle juste à faire adopter à son bras. J'appellerais ça « Double Discipline ».

Puis il se tut jusqu'au déjeuner.

Si je lui avais dit qui je connaissais !... Mais je gardai ça pour plus tard. Je le sentais, n'être que le livreur d'une tapisserie me rapprochait de Cynthia.

15

Splendeur du *clambake*.

Je n'avais jamais vu autant de homards.
D'un rouge ardent, grillés, dans nos assiettes
et leurs répliques en argent émaillé de rouge
aussi jaillissant d'une nasse de vermeil en forme
de surtout de table.

Cynthia, assise à côté de moi, m'oubliait.
Elle ne regardait que dans la direction d'Archie,
tendant l'oreille pour essayer de comprendre ce
qu'il disait à ses voisines.

J'avais pu saluer notre hôtesse qui m'avait
présenté aux parents de la bande des jeunes
gens, non comme un commerçant reçu par
grâce, mais comme un ami. Cynthia n'exagé-
rait-elle pas le snobisme des châtelains de Newport ?

J'espérais, après le déjeuner, passer un

moment avec elle, mais elle rejoignit son frère qui, sans se faire prier, portraiturait, de quelques habiles coups de crayon, ceux qui le lui demandaient. Cynthia, se souvenant tout à coup de moi, pria Reggie de « m'interpréter ». Je fus surpris de me découvrir des imperfections qui ne m'avaient guère tracassé jusqu'à maintenant. Avais-je le front trop haut et le menton trop court ?

L'une des jeunes filles qui se trouvaient là me dit gentiment :

— Reggie exagère ce qui, en réalité, fait le charme de chacun.

J'aurais voulu que Cynthia entendît. Mais elle avait réussi une savante manœuvre pour approcher Archie. Elle lui parlait et n'entendait sûrement rien d'autre que sa belle voix dont je devais reconnaître qu'elle était chaleureuse. Je me demandai, pour la première fois, comment était la mienne et si mon accent ne déparait pas.

16

A l'heure de mon entrevue, je gagnai, muni de mon plan, les appartements de notre hôtesse.

Sa secrétaire m'introduisit dans ce qui me parut un bureau-bibliothèque. Mrs. Baxter-Sloane y entra aussitôt et me dit :

– Je vous enlève ! Nous allons à l'autre bout du parc.

J'avais, le matin, jugé ses yeux très beaux. Mais ce qui était, à mon avis, bien plus remarquable chez elle, était son port de tête. On voyait tout de suite que son cou, belle colonne de chair, ne devait pas être habitué à ployer. Il y avait plus que de la dignité dans ce profil droit dressé dont elle m'offrait le spectacle, il y avait de la force et – je me l'imaginais du moins – le sentiment de la puissance que donnait une énorme fortune. Mon vieux copain Louis XIV m'avait toujours paru élever ainsi son royal front bien au-dessus de ceux des autres mortels.

J'étais monté dans la charrette anglaise, traînée par un poney, qui servait aux déplacements dans le parc. Le fougueux animal nous conduisit en deux minutes à peine jusqu'à un petit temple ombragé de grands arbres.

Je restai un instant immobile et muet, séduit par la simplicité élégante de cet édifice de pierre blonde. Les colonnes doriques du péristyle semblaient frémir dans un soleil tamisé par les feuillages des chênes.

– Qu'en pensez-vous ? me demanda Mildred, sachant déjà mon ravissement, mais appréciant que je le confirme avec chaleur.

Puis elle ouvrit la lourde porte de bronze, un chef-d'œuvre de sculpture, avec une clef sortie de son sac, en me disant :

– Vous entrez là où personne, hormis mon fils, ne pénètre.

Les tapisseries des *Bosquets* attendaient, roulées devant les trois murs qu'elles devaient recouvrir, le quatrième étant celui de la porte qu'encadraient deux énormes vases Médicis de marbre, hauts de plus d'un mètre.

Au milieu de l'espace restant, il y avait une forme couverte de toile blanche. Sans doute une statue.

C'en était une. D'un geste preste, mon hôtesse la dévoila.

Et c'était *elle* !

Mildred Baxter-Sloane était là, sculptée dans une pierre couleur de sa chair et drapée d'une tunique retombant jusqu'à ses pieds en plis aussi savants qu'harmonieux.

Je compris alors pourquoi cette femme, qui se voulait à la pointe de la mode en cette année 1926, n'avait pas coupé ses cheveux : pour ressembler parfaitement à son effigie dont le style, quelque peu à la Praxitèle, demandait qu'ils fussent ramassés en torsade sur la nuque. C'était à croire que l'on avait moulé sa tête avant de la poser sur son cou superbe.

Seules les orbites des yeux étaient sans vie.

Comme si elle lisait en moi, elle me dit :

– Pourquoi n'y a-t-il ici aucune fenêtre ?

Pourquoi la lumière ne passe-t-elle, là-haut, dans le plafond, que par de très petites ouvertures ? Et pourquoi la porte de bronze est-elle impossible à enfoncer ou à forcer ? Parce que là où mon visage attend son regard, je vais faire incruster une paire de diamants bleus uniques au monde.

Elle me laissa le temps de digérer tout ça avant d'ajouter :

— Vous avez compris, je pense, que c'est ici que mes cendres reposeront. Regardez ! Exactement là, dans cette partie démontable du socle.

Et triomphalement, elle conclut :

— Je crois que personne encore n'a pensé à mettre des yeux de diamant à une statue de pierre.

— Si. Juba II, roi de Numidie.

Je fus foudroyé à cet instant par un éclair bleu.

— Je n'ai jamais entendu parler de lui.

— Il avait, dans la salle d'audience de son palais, un Apollon de marbre aux orbites vides sur lesquelles s'abaissaient des paupières d'or. Et l'on raconte que, selon l'importance du visiteur attendu, ses yeux étaient alors enrichis de

75

pierres précieuses... plus ou moins précieuses. Un souverain avait droit à des diamants. Pour les princes, des émeraudes ou des rubis. Un simple fonctionnaire ne croisait peut-être jamais qu'un regard de topaze ou d'améthyste.

Elle avait paru réfléchir pendant que je parlais. Souriante à nouveau, elle me dit :

– C'est parfait ! Seul mon fils et, plus tard, sa femme et ses enfants pénétreront ici pour se souvenir de moi.

Et elle me fit remarquer, en riant, que cela avait dû être assez divertissant de rabaisser la superbe de certains par un simple choix de pierreries. Elle me sembla tout à fait rassérénée. En somme, seul un roi avait eu la même idée qu'elle. (Je me gardai de mentionner le conte d'Oscar Wilde – qu'elle paraissait ignorer – où *Le Prince heureux* a des yeux de saphir.)

Puis elle m'expliqua ce que j'aurais à faire, bien que je l'eusse compris tout seul. Relier entre elles les tapisseries sur les trois murs de manière que la statue parût érigée dans le parc de Versailles. Là, les restes de ce qui aurait été l'incomparable Mrs. Baxter-Sloane vivraient leur éternité.

Etais-je surpris ? Sans doute pas. A séjourner dans ce palais du bord de l'eau aux énormités fastueuses, mon étonnement s'émoussait. Lire les excentricités des puissants au travers des âges, de l'Antiquité à nos jours, ne nous frappait que superficiellement. Pourquoi en serait-il autrement de celles des seigneurs du Nouveau Monde ? Pourquoi ironiser davantage sur l'effigie aux yeux de diamants bleus de Mildred que sur le mobilier d'argent massif de Louis XIV ou la bergerie de Marie-Antoinette ?

Je répondis, imperturbable, que j'allais faire de ce petit bijou de temple un bosquet qui n'aurait rien à envier à ceux qui existaient encore à Versailles.

Il me fallait un ou deux aides. Je proposai Reggie et Cynthia.

Cette idée de passer trois ou quatre jours ici avec le frère et la sœur venait de me traverser l'esprit. Mrs. Baxter-Sloane réfléchit un moment, puis me dit qu'elle prierait les jeunes gens de lui rendre ce service.

Ce soir-là, avant que les tables de whist et de bridge ne se forment, Mildred exigea un peu de musique.

Cynthia alla chercher son banjo. Elle réapparut dans le salon avec l'instrument retenu par un grand ruban rose noué sur sa nuque.

Son frère l'accompagnait au piano pour certaines chansons. Et il annonçait et commentait ce qu'elle allait interpréter.

Ils avaient mis au point leur petit numéro en y ajoutant un humour bon enfant qui ôtait à ce spectacle toute prétention et en faisait un divertissement de grande simplicité et de franche gaieté.

C'est là que je vis plus encore combien le frère et la sœur se ressemblaient et à quel point, ainsi rapprochés, ils s'auréolaient d'un charme subtil. Il se dégageait de ce couple, si jeune et si beau, une émouvante harmonie que devait ressentir l'auditoire. On lisait sur certains visages un fugitif mais réel attendrissement.

La voix de Cynthia, sans être exceptionnelle, était prenante, envoûtante même par moments.

Je regardais Archie.

Il me parut intéressé par ce petit récital, sans

plus. Deux jolies filles étaient assises à ses côtés. Il bavardait avec elles dès qu'une chanson était finie. Et ils riaient tous les trois. Je me demandai si Cynthia ne souffrait pas à la pensée que, peut-être, on riait d'elle.

Lorsque l'intermède musical prit fin, les groupes se reformèrent comme à l'habitude. Et nous nous retrouvâmes, Cynthia, son frère et moi, dans le renfoncement de l'un des salons.

– Le coin des artistes, dit Reggie en riant.

Cynthia souriait à peine. Et lorsque je lui proposai de l'emmener danser, au son du gramophone, sur la terrasse où les couples évoluaient au clair de lune, elle refusa. Se disant fatiguée.

Archie, lui, eut une fille dans ses bras à chaque one-step ou fox-trot.

17

Notre collaboration dans le petit temple est un souvenir joyeux. Reggie était un vrai bricoleur. Lorsqu'il fut clair que Cynthia n'avait aucune disposition pour les travaux manuels, nous décidâmes qu'elle nous jouerait du banjo et chanterait pour nous encourager.

Ces quatre jours passés ensemble nous rapprochèrent beaucoup.

La vérité m'oblige à dire que sur le temple, les bosquets et l'effigie de Mildred, nous ironisions un peu trop.

Cynthia nous disait parfois en riant :

– Appliquez-vous bien, mes chéris ! Pensez au redoutable regard qui sera braqué sur votre travail pendant une éternité.

Lorsque nous apparaissions le soir au dîner,

nous reformions notre trio et parlions et riions aussi fort que les autres.

Je sentais Cynthia moins nerveuse, moins à l'affût du comportement d'Archie avec celles qui ne cachaient pas leur envie de faire sa conquête. Il ne paraissait pas en distinguer une particulièrement. Il flirtait avec toutes, sans plus. Etait-ce ce qui rassurait Cynthia, ou s'était-elle résignée à moins penser à lui ?

Je ressentis une grande joie lorsque le frère et la sœur m'invitèrent à les accompagner un après-midi où ils allaient voir leur mère.

Elle habitait au-dessus de son double magasin.

L'originalité de son apparence, assez bohème, me dérouta. Il me fut difficile de lui donner un âge. Par moments elle paraissait à peine l'aînée de ses enfants. A d'autres, lorsqu'une mélancolie soudaine voilait son regard, ou calmait la désinvolture de ses gestes, elle était presque une vieille dame.

Quoi qu'il en fût, dès que je la vis, je décidai qu'elle n'était ni une libraire ni une fleuriste, mais une lady s'intéressant aux livres et aux fleurs.

L'attitude à la fois affectueuse et très déférente de ses enfants envers elle me frappa. Reggie et Cynthia, qui m'étaient apparus hors de chez eux si libres de propos et de comportement, étaient tenus ici sous une férule sinon sévère, du moins très ferme.

Au-delà de tout cela, je sentis une grande complicité entre ces trois êtres. J'eus même l'impression, assez désagréable, d'une connivence qui m'excluait. Et je croisai plusieurs fois le regard aigu des yeux noirs de Dorothy Fairfax auquel rien ne devait échapper.

Je quittai le magasin emportant la vision de murs entiers de beaux livres anciens – dont le soleil faisait, par endroits, briller quelques lettres d'or – accolés à un tapis de fleurs s'épanouissant dans des rangées et des rangées de seaux en fer-blanc.

S'il existait un point commun entre les deux activités de Mrs. Fairfax, il résidait dans l'alignement très précis de ses livres et de ses fleurs.

Je la revis deux jours plus tard. Elle me reçut comme une vieille connaissance et m'aborda en me disant :

– Mes enfants vous ont-ils raconté l'histoire de Rhode Island ? Non ? Vous ne savez donc pas comment a été créé le plus petit des Etats de l'Union par mes ancêtres ?... Imaginez, jeune homme, que les colons du Massachusetts en eurent un jour plus qu'assez de la rigueur de leurs trop sévères mœurs puritaines. Comme ça, tout à coup, ils dirent : « Ça suffit ! » Et ils partirent. Pas loin, ici. Les terres étaient rouges, on appela d'abord notre pays de liberté Red Island. Et même on le surnomma Little Rhody tant il était petit. Petit, mais grandement tolérant.

Elle se permit un léger rire avant d'ajouter que la tolérance était la plus belle vertu qu'elle connût et honorât. Il me sembla qu'elle voulait donner l'impression de se moquer un peu de ce qu'elle considérait comme le plus important dans sa vie, par une sorte de pudeur que j'avais déjà décelée chez d'autres Américains.

Elle glissa une rose à ma boutonnière – un vrai chou d'un blanc pur ourlé de carmin – et s'élança dans l'histoire de la cession des terres familiales aux Baxter-Sloane. Son grand-père les avait vendues parce que son fils unique s'en était allé pêcher la baleine avec les marins de Nantucket. Elle était la seule enfant de ce pêcheur mort en mer. Souriant encore avec gourmandise, et comme puisant tout au fond d'elle ses certitudes, elle conclut :

— Mais nous sommes toujours chez nous ici. Les autres ne sont que les *gens de l'été*. Dès qu'ils repartent nous les oublions, eux et leurs *cottages* éclaboussants.

Lorsque les tapisseries furent posées, un joaillier de New York envoya ici son meilleur ouvrier orfèvre pour l'incrustation des pierreries dans les orbites de la statue. Le lendemain de son départ, le bristol du plateau de mon petit déjeuner m'annonçait, entre autres choses, que j'étais attendu au temple à trois heures.

J'eus la surprise de voir alors que l'effigie avait été dotée de paupières d'or.

— J'ai fait comme votre roi... dont j'ai oublié le nom.

Les paupières soulevées, je vis les yeux.

C'était impressionnant. Hallucinant, même. J'en détournai mon regard avec un certain malaise.

Mildred, elle, était ravie.

— Voyez-vous, me dit-elle, je suis maintenant là tout entière. Je viendrai souvent me voir ici, pour que, plus tard, mes cendres se sentent bien chez elles.

Elle parlait sans sourire. M'effleura l'esprit que Dorothy Fairfax, dans une situation analogue, aurait fait une remarque plus spirituelle, drôle, même. Je pensais beaucoup à elle. J'avais, je ne saurais dire pourquoi, le sentiment qu'elle n'était pas seulement ce qu'elle voulait donner l'impression d'être. Aussi sursautai-je presque lorsque Mildred me dit lui avoir demandé de fleurir régulièrement les deux grands vases Médicis encadrant la porte de bronze.

18

Il m'apparut dès lors que je ne pouvais prolonger plus longtemps mon séjour à la Villa Océane. Très aimablement, mon hôtesse tenta de me retenir. Je déclinai l'offre aussi courtoisement qu'elle m'avait été faite.

J'étais couché sous mon baldaquin, lorsque je me relevai tout à coup. *J'étais amoureux de Cynthia !*

Je pouvais faire des projets. J'avais désormais ma situation assurée chez mon père. Et la vieille tante dont j'étais l'héritier m'avait aussi laissé un petit appartement Rive gauche, nous pourrions y vivre, et même y héberger Reggie pour qu'il suive à Paris ses cours de peinture.

Du côté de mes parents, je ne voyais aucune

complication possible. Certes, ils seraient surpris de me voir épouser une Américaine. Mais
je comptais sur ma mère pour m'aider à
convaincre mon père. Ils désiraient tous deux
que je me marie. Eh bien ! je me sentais prêt
à le faire. J'eus du mal à m'endormir. J'étais
dans une exaltation extrême.

Mon plan était de profiter du petit matin
précédant le jour de mon départ pour parler à
Cynthia. Elle et moi avions toujours la plage
pour nous seuls avant neuf heures. Ce fut sur
la dernière marche du grand escalier, témoin
de notre première rencontre, que je lui fis ma
demande, face à l'océan et dans un lever de
soleil paresseux qui donnait plus de mystère
encore à ses yeux gris.

Elle m'écouta sans m'interrompre. Je décla-
rai mon amour et mes projets. L'appartement
de Paris à partager avec Reggie et, carte maîtresse sortie de ma manche, mes relations de
Montparnasse qui l'aideraient dans sa carrière.

Puis j'attendis.

Elle posa sa main sur la mienne. La mienne

était chaude, la sienne froide. J'y vis un mauvais signe, je ne sais trop pourquoi. Cette main glacée me parut éteindre l'embrasement de mon cœur.

J'entendis alors qu'elle aurait tant voulu pouvoir m'aimer... si elle n'avait déjà, et depuis longtemps, donné tout son amour à Archie.

Ce que je ne pouvais lui dire, ce fut elle qui me le développa.

Elle savait qu'il n'y aurait jamais rien de possible entre elle et lui. Ce n'était pas seulement une question d'argent ou de différence de classes, obstacles peut-être franchissables. Tout simplement, *Archie ne l'aimait pas et ne l'aimerait jamais*. Elle savait aussi qu'il n'avait encore aucun attachement sérieux, mais sentait bien qu'il n'était pas attiré par elle. Un jour, il rencontrerait celle qui lui était destinée, plairait à sa mère... et serait sans doute née dans l'aristocratie.

Alors, *elle*, dans tout ça ? Eh bien, elle continuerait à aider Dorothy. Il continuerait, *lui*, à venir ici. Seul, un temps, puis avec sa femme et ses enfants. C'était ainsi. Chacun a sa voie en ce monde, n'est-ce pas ? La sienne serait de

vivre dans l'ombre de celui qu'elle aimerait toujours.

Tout cela était enfantin. Je ne devais pas
oublier qu'elle venait à peine d'avoir dix-huit
ans. Ce me fut une petite consolation de penser
que ce raisonnement-là ne tiendrait pas longtemps.

— Nous écrirons-nous ? me demanda-t-elle,
ajoutant qu'elle tenait à ce que je lui conserve
mon amitié.

— Nous ferons plus que ça ! Reggie viendra
à Paris, je le logerai et il pourra suivre ses cours
de peinture.

Toute joyeuse, elle me dit :

— Vous feriez ça ?... Peut-être alors viendrai-
je aussi, si vous m'invitez.

Je pris ses deux mains dans les miennes pour
les réchauffer et lui dire que, dès cet instant, je
commençai à attendre sa venue et celle de son
frère en France.

19

Je partis le lendemain. Le *Paris* effectuait une traversée de retour où je pus obtenir une cabine. Mrs. Mortimer – ce que je n'aurais jamais cru – me manqua.

Il y avait toujours de jolies femmes à bord mais je ne leur jetai même pas un regard.

Je me fis, ce que je n'aurais jamais supposé non plus, le défenseur de Mildred Baxter-Sloane. J'entendis, un soir au dîner, alors qu'elles étaient mes voisines, trois dames endiamantées parler d'elle dans des termes qui me déplurent.

L'une disait qu'entre mille autres choses, elle venait en France acheter des services de table anciens. Une autre lui fit remarquer en riant qu'elle en trouverait difficilement,

Mildred avait raflé tout ce qui était à vendre à Paris. La troisième enchaîna :

— Elle doit en avoir une quarantaine à l'heure qu'il est, tous plus beaux les uns que les autres.

— Elle aime donc tellement les vieilles porcelaines ?

— Ce qu'elle voulait, surtout, c'est pouvoir engager un conservateur. Elle avait appris que les Rothschild en avaient un à demeure chez eux.

Je me penchai vers ces dames et, comme j'aurais demandé du sel ou du poivre :

— Je reviens d'un séjour chez Mrs. Baxter-Sloane. Il n'y a pas plus de conservateur de services de table dans son château que de papiers gras sur sa plage privée.

Après tout, Mildred s'était montrée une parfaite hôtesse pour moi, je lui devais bien de croiser le fer pour elle.

20

Mes parents, venus au-devant de moi, me trouvèrent mauvaise mine. J'alléguai un mal de mer dû à quelques turbulences de l'Océan.

La première lettre de Cynthia m'arriva vite. Elle était triste, je lui manquais. Reggie travaillait beaucoup. Tout le temps que lui laissait l'entretien du jardin de leur mère, il le passait à peindre.

Elle aurait voulu pouvoir oublier l'indifférence d'Archie et mon absence en s'adonnant, comme son frère, à une passion artistique.

Elle m'annonçait que les invités des Baxter-Sloane étaient partis. Archie les emmenait de temps à autre, Reggie et elle, faire une promenade en bateau. Elle ne se faisait aucune illu-

sion : il se contentait des « petits Fairfax »
lorsqu'il n'avait aucun ami chez lui.

Cette lettre me fit accélérer l'installation de
mon appartement. Cynthia finirait par en avoir
assez d'être dédaignée.

Mes parents avaient jugé normal que je
veuille habiter seul désormais. Ils voyaient là
un prélude au mariage.

La santé de mon père s'étant quelque peu
altérée, ils pensaient à se retirer un jour pro-
chain dans leur villa de Cannes.

Une seconde lettre arriva alors.

Cynthia était au désespoir. Archie allait
épouser une jeune princesse italienne. Un
nonce, oncle de la jeune fille, avait arrangé
l'affaire avec Mildred. On disait que les mil-
lions des Baxter-Sloane redoreraient un blason
illustre et permettraient la remise en état d'un
palais – un vrai ! – tombant en ruines. On
disait beaucoup de choses. Chacune d'elles lui
transperçait le cœur.

Il me semblait que mes affaires avançaient.

Et j'activai plus encore mes travaux d'installation.

J'avais repris mes soirées à la Coupole et au Jockey, revu tous mes amis et acquis quelques-unes de leurs dernières œuvres pour achever ma décoration. Je me demandais, avec un peu d'inquiétude, si Cynthia aimerait son côté modern style. Je comptais sur Reggie pour le lui faire apprécier.

J'étais prêt à pendre la crémaillère lorsque le télégramme arriva. Il était ainsi libellé :

Epouse Archie. Mariage le 15 octobre. Vous veux à mes côtés ce jour-là. Lettre suit.
Affections. Cynthia.

21

J'ai longtemps associé l'odeur de peinture fraîche des murs de mon appartement à l'intense désespoir qui m'accabla.

Les lettres de Cynthia avaient entretenu ma conviction que j'étais son seul ami. Et qu'elle ne manquerait pas de se dire un jour : « Mais c'est lui que je dois épouser, il m'écoute, me comprend, pourquoi ne pas faire son bonheur qui me mènera peut-être au mien ? » Pendant que je surveillais les travaux de ce qui – je l'espérais – serait un jour son refuge, je pensais à elle, peut-être plus encore que lorsque j'étais à Newport. Mon petit logis tout neuf, tout blanc, était imprégné d'elle avant même qu'elle y posât un pied.

Elle était présente aussi à Montparnasse où je parlais d'elle. Surtout à un ami new-yorkais.

Nous avions des discussions d'ailleurs sans issue. Il était persuadé, depuis son arrivée à Paris, que les Françaises faisaient de meilleures épouses ou maîtresses que les Américaines. Je lui démontrais le contraire. Il finit par me dire un soir que nos deux destins s'étaient embrouillés et qu'une bonne chose serait que je lui donne mon appartement ici contre le sien à New York. Nous buvions, je pense, un peu trop.

Lorsqu'il me vit triste et morose, je lui laissai entendre mon malheur. Il me lança alors un tonitruant « Qu'est-ce que je vous avais dit ? Des garces, les Américaines ! Consolez-vous vite avec une petite Française. »

Je lui envoyai mon poing dans la figure. Il me rendit la pareille. On nous sépara, on nous réconcilia et nous bûmes encore un peu plus.

J'éprouvais une certaine fierté à m'être battu pour Cynthia.

La « lettre suit » arriva une semaine après le télégramme. Elle ruisselait de bonheur. Elle contenait aussi de longues réflexions sur cette incapacité que nous avons tous à déchiffrer nos semblables, même ceux que nous côtoyons constamment. Le mystère de cette éternelle incompréhension de l'autre la troublait beaucoup. Et comme elle avait été aveugle et sotte ! On l'aimait et elle ne s'en doutait pas. Ici, petite tirade sur la fameuse intuition féminine à reléguer dans la catégorie des fausses vérités.

Venaient ensuite quelques détails sur la bataille qu'Archie avait dû livrer pour obtenir le droit de l'épouser. Rappel de ce qu'il avait refusé : une fort belle jeune fille issue de ce que l'on appelait le Parti Noir de Rome, les partisans du Pape – et non du roi – et des regrets éternels de Mildred qui eût rêvé de donner par cette alliance un oncle *papabile* à son fils. Archie, neveu d'un pape ! On comprenait qu'elle ait lutté toute une nuit durant pour imposer cette alliance superbe.

Je décidai de ne pas me rendre au mariage. Il y avait de la cruauté dans cet ordre que me donnait Cynthia.

C'est alors qu'arriva l'invitation en règle de Mildred, mentionnant, en une discrète note au bas du carton gravé, qu'une cabine m'était réservée à bord de l'*Ile-de-France*.

Mon revirement – je m'en persuadai – fut dû à l'irrésistible envie de voir si une tête trop orgueilleuse s'était enfin courbée. J'étais curieux de constater aussi comment se comportaient les célèbres yeux. Le fameux bleu était-il terni ou plus brillant et plus dur que jamais ?

22

Les festivités furent aussi splendides que prévu.

Une masse imposante, ennuagée de mousseline parme, avait foncé sur moi : Agatha Mortimer !

Je n'aurais jamais cru la revoir avec tant de plaisir. Son caquetage incessant me permit d'oublier la solitude dans laquelle, au milieu de tant de gens, je me trouvais.

Cynthia, dès mon arrivée, m'avait sauté au cou, mais elle fut ensuite trop occupée pour m'accorder plus de quelques minutes, ici ou là, lorsque je la voyais traverser en courant les salons, la terrasse ou la plage.

Elle parvint pourtant, la veille de la cérémonie, à sauver pour moi une petite heure matinale.

Nous nous retrouvâmes sur notre marche. Elle avait apporté son panier et deux pommes. Nous les croquâmes dans la musique des vagues et des refrains de Cynthia sur le thème de son bonheur. Puis elle me dit que la coutume américaine voulait que la mariée eût sur elle quelque chose de bleu pour lui porter chance. Elle avait pensé qu'on lui prêterait les célèbres pendants d'oreilles. Mais Archie venait de lui révéler leur nouvelle destinée et elle en riait beaucoup.

Elle m'annonça que sa future belle-mère partirait aussitôt après la cérémonie. Elle avait décidé d'entreprendre un tour du monde qui durerait plusieurs mois. J'en conclus que sa déception et son exaspération, devant la mésalliance de son fils unique, tenteraient ainsi de s'éparpiller aux quatre coins de l'univers.

Je ne l'avais pas vu ployer la tête. Elle la redressait plus que jamais. D'une certaine manière, je l'admirais.

Mais celle qui m'étonna le plus fut Dorothy Fairfax. Elle avait renoncé à son bizarre accoutrement. Dans une tenue sobre et discrète, elle me parut tout à coup plus digne, plus droit dressée encore que Mrs. Baxter-Sloane. Elle se comportait avec une parfaite aisance dans ce cadre luxueux au point d'en paraître presque la maîtresse.

Elle avait récupéré son territoire ancestral ! Ses petits-enfants en seraient les maîtres un jour.

Je ne vis jamais les deux femmes ensemble. Elles semblaient s'éviter autant que le protocole le permettait.

Archie, toujours discret, ne changeait rien à sa manière d'être. Il était aimable avec tous, attentionné envers Cynthia, mais sans trop de manifestations extérieures. Je le vis pourtant embrasser sa fiancée au clair de lune, sur la terrasse.

Je me disais que je n'avais pas su déceler les qualités de ce garçon. J'étais sans doute passé à côté d'une nature passionnée mais sachant se contenir. Il devait être depuis longtemps épris de Cynthia. Ne connaissant que trop le désir de sa mère d'une union brillant de mille feux, il n'avait pas dû vouloir engager, même un flirt, avec la jeune fille. Cette honnêteté me plaisait.

Quant à Reggie, il semblait perdu dans son

monde à lui, admirant un coucher de soleil sur l'océan ou un beau papillon venu brûler ses ailes à l'un des lampadaires de la pelouse. Un soir où nous parlions tous deux peinture, il sortit cependant de sa réserve et me dit : « Maintenant, je suis sûr que je vais y arriver. »

J'en conclus qu'il était content de ses nouvelles toiles. J'en fus heureux pour lui.

Mrs. Mortimer ne connaissait pas encore Dorothy Fairfax. Elle me demanda qui était cette étrange personne à l'allure de gouvernante de grande maison et qui néanmoins faisait claquer ses talons sur les dalles de marbre avec une force de propriétaire.

Mrs. Mortimer n'était pas sotte !

Mais quelle bavarde ! Elle me fit remarquer tout ce que je ne voyais pas, ou mal. Elle mélangea avec délice la présence de hauts dignitaires du gouvernement, les toilettes plus ou moins réussies de leurs épouses, la rage concentrée, ou le désespoir, de quelques héritières amoureuses d'Archie, la vaisselle d'or et la cocarde blanche à la boutonnière de chacun des valets.

Elle m'envoyait, sans répit, des phrases de

Les Gens de l'été

ce genre : « Avez-vous remarqué que nous avons dîné dans la vaisselle du comte d'Artois, beau-frère, paraît-il, de la reine Marie-Antoinette ? » ou « Je me demande pourquoi, dans pareille circonstance, Mildred n'a pas cru devoir mettre, *quand même*, ses fameux pendants d'oreilles. »

Je lui aurais procuré la joie de sa vie en lui confiant où étaient maintenant incrustés les diamants bleus. Je m'en abstins. Et je me mis à rêver un instant sur le pouvoir surnaturel qu'ils avaient peut-être acquis en devenant un regard braqué sur nous, pauvres mortels agités, pérorant, gesticulant, mangeant et buvant trop.

Les mariés partirent pour l'Italie, moi pour Paris.

23

Je reçus une carte de Venise. Elle était écrite par Cynthia et signée d'Archie et de Reggie. Celui-ci, après les trois mois passés par le jeune couple à arpenter l'Italie, les avait rejoints.

On avait usurpé le rôle que je voulais tenir dans sa carrière. Je l'aurais, moi aussi, emmené voir les Primitifs ! La pensée que j'avais été privé de ce plaisir m'attrista plus encore.

Les mois qui suivirent auraient été des plus pénibles à vivre si je n'avais eu la chance de faire une extraordinaire découverte : l'une des batailles de Louis XIV, *Le Siège de Douai*, que mon père désespérait de jamais retrouver et sur laquelle j'étais tombé, moi, l'éternel innocent.

J'avais passé un week-end à Londres pour y voir quelques œuvres de peintres peu connus encore. Je voulais les comparer avec ceux de l'Ecole de Paris. Il pleuvait à seaux lorsque j'avais quitté l'exposition pour regagner mon hôtel et j'étais entré chez un antiquaire afin de laisser passer le plus gros de l'orage. La tapisserie m'y accueillit.

J'en fus un instant si saisi que l'on me demanda si j'allais bien et si je ne voulais pas un verre d'eau. Proposition – trempé comme je l'étais – qui ne me fit pas rire sur le moment, tant je débordais d'une joie, quasi délirante, à la pensée de celle que j'allais donner à mon père en rapportant dans mes bagages un épisode à ajouter à son *Histoire du Roi*.

Son bonheur restera à jamais l'un de mes meilleurs souvenirs. Il fut au comble de la félicité et c'était moi qui l'y avais porté !

Il me murmura, en me serrant très fort dans ses bras :

– Tant de nos chefs-d'œuvre ont disparu en Angleterre pendant la Révolution ! J'aurais dû y penser plus souvent...

Puis il me dit, tout comme autrefois :

105

— Regarde ici, le roi a pris part aux opérations du siège de la ville... Là, c'est le maréchal de Duras et là, Turenne.

Nous eûmes une soirée d'une douceur que je ne puis oublier. Ma mère avait pleuré de joie tant elle était heureuse de celle de mon père. Elle alla nous chercher du champagne. Nous parlâmes, longtemps, comme jamais, je crois, nous ne l'avions fait. L'union de mes parents m'apparut, pour la première fois peut-être, dans sa réussite parfaite. Je les enviai.

Puis un an s'écoula, plus vite et mieux que je ne l'aurais cru. Mon père et ma mère partirent pour Cannes laissant Commandeur et Fils sous ma seule responsabilité.

Je continuai à habiter mon petit appartement de la Rive gauche. Toutefois, je n'y conduisis jamais aucune femme. Celle chez laquelle je passais parfois une nuit et que j'emmenais régulièrement en week-end n'insista jamais pour y venir. Elle avait senti mon cœur en convalescence et qu'il ne fallait pas trop exiger de moi. J'aurais voulu l'aimer plus

et mieux, cette gentille Charline. Elle le méri-
tait. Et je m'en voulais de la tristesse que je
sentais parfois en elle.

Mon père avait fait sa connaissance le premier. Il voyait, dans ma rencontre avec elle, un
magistral coup du destin lui offrant, par la voie
royale des gobelins, la belle-fille dont il rêvait.

Charline Desprès était journaliste, attachée
à un magazine féminin. Elle y publiait des arti-
cles tendant à mettre les œuvres d'art à la por-
tée de ses lectrices. Pour aborder le sujet Tapisserie, elle avait choisi *Le Sacre de Louis XIV* afin
de s'étendre longuement sur les nobles dames
participant à cette cérémonie.

Ma mère lut ce petit exposé. Elle en fit part à
mon père qui, sur l'heure, écrivit à son auteur :

*... Non ! La Grande Mademoiselle n'était pas,
comme vous le dites, dans la tribune de la reine
Anne d'Autriche. Elle n'était même pas là du
tout, pour la bonne raison qu'elle n'avait pas été
invitée.*

*Relisez, dans votre Saint-Simon, le passage où
Mlle de Montpensier parle avec esprit de ce sacre...
auquel elle n'assista pas !*

Avec esprit aussi, Charline avait répondu. Séduit, mon père l'invita à venir voir de plus près *L'Histoire du Roi*. Ma mère garda à déjeuner – devant Louis XIV, Philippe V d'Espagne et l'Infante – cette jeune personne qui lui avait plu également.

Cela s'était passé pendant que j'étais à Newport. A mon retour, je fis la connaissance de cette « femme exquise » dont mes parents s'étaient entichés. Elle était l'invitée presque constante des habituels dîners du vendredi... auxquels je n'étais pas toujours présent.

Le hasard voulut que je la rencontre à une exposition des œuvres de Turner. Elle sut me parler de mon père comme on aime à entendre évoquer ceux que l'on aime et admire. Elle me rappela ce qu'il disait souvent lorsqu'on l'enviait de posséder ses belles tentures : « Elles ne sont que *momentanément à moi*. Tout ne nous est que prêté en ce monde. »

Elle préparait alors un article sur Turner et me fit découvrir des aspects de cet artiste que j'ignorais. Je me surpris à lui parler de moi. De mon attirance pour les peintures de notre époque, de mon désir de ne m'occuper que d'elles, tout en devant me consacrer aux œuvres d'autrefois...

Elle en revint à Turner, en riant, pour me dire que je présentais peut-être, comme lui, un dédoublement de la personnalité. Nous venions, en effet, d'admirer à la fois ses tableaux très classiques – les seuls qu'il exposait de son vivant – et les autres, ceux que l'on disait nés des visions d'un fou et qu'il avait gardés pour lui.

Dès lors, je vis beaucoup Charline. Je tenais à son amitié, à nos conversations à la fois sérieuses et légères. Sa présence m'apaisait. Son visage, dont ma mère disait qu'il était « chiffonné », n'était pas sans charme. Et il émanait de toute sa personne une voluptueuse tendresse née de son chaud regard brun-doré, de sa chair drue et douce, de ses gestes mesurés et harmonieux.

Chose curieuse, je ne la comparais jamais à Cynthia. Il y avait l'une, et il y avait l'autre. Avec une certaine paresse du cœur, je ne tenais pas à approfondir les sentiments que je lui portais.

Je n'avais plus de nouvelles de Cynthia. Je la devinais lovée dans son bonheur, et m'oubliant.

24

J'étais, un après-midi, dans une galerie où Vlaminck exposait. Il y avait peu de monde.

L'entrée bruyante de trois personnes me fit abandonner l'examen d'un tableau que je voulais acheter. Je me tournai vers les arrivants.

C'étaient eux ! Cynthia, Archie et Reggie.

J'étais en retrait dans le fond de la pièce, ils ne me virent pas immédiatement.

Avant que nous ne nous tombions dans les bras, j'eus le temps d'avoir la vision qu'ils offraient, toute d'élégance et de beauté. Ils m'apparurent l'émanation parfaite d'une civilisation raffinée. Et ils apportaient avec leurs rires, leur gaieté, un parfum de bonheur qui envahit la petite galerie.

Nos retrouvailles furent exubérantes et touchantes à la fois. Avaient-ils eu l'intention de me faire signe ? Je ne le sus jamais. Mais nous étions, apparemment, fort heureux de cette rencontre.

Nos effusions terminées, ils étudièrent chaque tableau. C'était toujours Archie qui parlait le premier, signalant ceci ou cela. Cynthia enchaînait, donnant son avis. Reggie n'intervenait que sur l'invitation de sa sœur. Je crus sentir que celui qui avait le plus de choses à dire sur une peinture s'abstenait d'imposer ses jugements et ses goûts. Par discrétion. Il n'était que le frère de la richissime Mrs. Baxter-Sloane et se tenait en retrait avec une certaine humilité.

Cynthia désigna le tableau qu'elle voulait : un arbre que tourmentait un vent d'orage. Elle me murmura, pendant que les deux hommes s'intéressaient à une autre peinture, et en me montrant le chêne :

– Ça, vous voyez, c'est moi *avant*, avant que je ne sache qu'Archie m'aimait, lorsque je vivais dans la tourmente de mon cœur, comme cet arbre dans celle de l'orage. Cette toile, je la mettrai dans ma chambre pour me rappeler qu'il ne faut jamais désespérer. Souvent, je suis trop heureuse et j'oublie combien j'ai souffert. Pour apprécier les grands bonheurs, pour en sentir tout le prix, il faut penser à *avant*. Alors, avec un frisson de joie, on sait combien le présent est merveilleux.

Soudain jaloux, je demandai, avec une certaine perfidie :

– Et l'après ?

Elle redressa la tête pour me répondre :

– Il n'y aura pas d'*après*, il n'y aura qu'un *toujours*, je le sais.

Curieusement, elle venait d'avoir une attitude à la Mildred.

On se revit le lendemain. Ils voulaient que j'aille déjeuner avec eux au Ritz. Je leur proposai, ce qui les changerait, une guinguette au bord de la Marne, avec canotage en plus s'ils le souhaitaient.

Tout les amusa, de la friture de goujons au lapin en gibelotte. Les deux hommes ne purent résister à l'attrait d'une jolie yole amarrée là. Ils se mirent en bras de chemise et s'en allèrent ramer.

C'était là ce que j'avais espéré : avoir Cynthia pour moi.

Nous nous assîmes dans l'herbe où elle cueillit des boutons d'or.

— Alors, c'est comment le bonheur, madame Baxter-Sloane ?

Elle me montra, d'un grand geste circulaire, toute la prairie :

— C'est comme ça, avec autant de milliers de moments de joie qu'il y a de ces petites fleurs jaunes !

Et elle fut intarissable. Archie était le plus parfait des maris. Il suffisait qu'elle dise « j'aime ça », elle l'avait aussitôt et même, le plus souvent, il prévenait ses désirs. Elle obtenait aussi de faire avancer la carrière de son frère. Ils étaient d'ailleurs tous trois à Paris pour y préparer une exposition de ses dernières œuvres.

Ces peintures, on me les montra le lendemain. Pas géniales, pas sans talent non plus. Reggie reprenait les innovations de plusieurs peintres, mais il y avait, ici et là, une note personnelle que je jugeai assez prometteuse.

J'aidai dans le choix d'une galerie et des tractations qui en découlèrent. L'exposition eut un succès d'estime. Ce fut Archie qui acheta le plus de tableaux, qu'il offrit à sa femme. Ils repartirent peu après.

Je dînai le lendemain avec mon amie. J'étais encore sous le charme de Cynthia qui avait été affectueuse, tendre même.

Sans doute parce que je mourrais d'envie de parler d'elle, je racontai, soudain, toute notre histoire à Charline.

Elle se montra très compréhensive. Je lui fis l'amour ce week-end-là avec plus d'ardeur qu'à l'habitude. Etait-ce par reconnaissance de m'avoir si intelligemment et si amicalement écouté ? Ou parce que le désir que j'avais toujours de Cynthia avait été ravivé par ces quelques jours passés ensemble et reporté sur elle ? Je ne le savais pas moi-même.

Mais Charline dut croire à cette seconde hypothèse. Je surpris des larmes dans ses yeux.

25

Trois mois passèrent, occupés à moderniser Commandeur et Fils. C'était un gros travail, j'étais parfois irritable, injuste. Charline restait patiente et aimante.

Un soir où je rentrais fourbu après une journée de remise en place de toutes nos tapisseries – et Dieu qu'il y en avait –, je me couchai tôt, incapable même de dîner.

J'étais au plus profond de mon sommeil lorsque le téléphone sonna.

C'était Cynthia !

– Louis-Gabriel ?... Je carillonne depuis des heures.. Où étiez-vous donc ? Il faut que vous veniez souper avec moi au Ritz.

Il me sembla qu'elle avait bu.

Je regardai l'heure à ma pendulette.

— Il est trois heures du matin !

— Et alors ? Il faut que je vous voie. Venez vite, très vite.

— Vous êtes... seule ?

— Evidemment.

Je m'efforçai de reprendre mes esprits. Je demandai :

— A cette heure de la nuit, que va-t-on penser, à l'hôtel, en me voyant vous rejoindre dans votre chambre ?

— D'abord j'ai une suite, si grande qu'on y logerait une cinquantaine de personnes... Et puis je m'en fous.

Elle avait vraiment beaucoup bu.

Il me fallut, pour arriver jusqu'à elle, traverser ses deux salons puis atteindre sa salle à manger privée. Elle occupait la fameuse Suite impériale dont les meubles, les tentures, les tableaux formaient le décor parisien le plus luxueux offert aux célébrités du monde entier. Avec, bien entendu, en toile de fond, la place Vendôme et sa colonne.

Elle était en scintillante tenue du soir.

C'était là une Cynthia qui m'était à peu près inconnue. Que subsistait-il de la jeune fille honteuse de son costume de bain qui déteignait ? Sa beauté, bien sûr, mais ses yeux gris me parurent moins doux, même avec le sourire qu'elle m'adressait.

Et plus aucune trace de cette fébrilité perçue au téléphone, de sa hâte à me voir la rejoindre.

Elle me dit, avec un calme qui me surprit :

– Je suis seule à Paris. Je suis allée au théâtre. Comme je n'avais pas dîné avant, j'ai faim et j'ai eu envie de souper avec vous, et seulement avec *vous*.

La façon dont elle prononça ce « vous », le sourire enjôleur qui l'accompagna me confondirent. Elle n'avait jamais eu de ces coquetteries avec moi.

J'étais plus que perplexe.

Cette invitation pressante en pleine nuit, l'espèce de panique (le mot n'est pas trop fort) que j'avais sentie dans sa voix au téléphone, et maintenant ce charme déployé si sereinement pour moi !

Elle me prit par le bras et me conduisit à table.

Et quelle table ! J'en fus stupéfait.

Même en admettant qu'elle eût très faim et qu'elle m'eût prêté un appétit d'affamé-après-plusieurs-jours-de-diète, la profusion de nourritures étalées sur la grande nappe de dentelle, dans un déferlement de plats d'argent, me suffoqua.

— Vous attendez d'autres convives ?

Elle eut un grand éclat de rire pour me dire non, il n'y aurait que nous deux.

Je me tus. Il se passait quelque chose, je ne savais pas quoi, mais je me sentais vaguement inquiet. Où était son mari ? Que faisait-elle seule à Paris ? Et il était maintenant près de quatre heures du matin !

Elle s'était assise à table, j'en avais fait autant.

Les paroles qu'elle prononça en dépliant sa serviette achevèrent de me troubler.

Elle dit, dans un grand rire :

— Buvons, mangeons pendant que nous sommes en vie ! Vous ne trouvez pas que c'est divin de manger et de boire quand on a faim et soif ?

Et elle me tendit son verre pour que je le remplisse à nouveau, en ajoutant :

— Combien de temps un être humain peut-il rester sans manger et sans boire ?

J'avouai mon ignorance, hasardant :

— Peut-être huit jours, peut-être dix.

— Ce doit être long, dix jours !

Elle soulevait les couvercles d'argent des plats, goûtait à tout et continuait à beaucoup trop boire.

— Souffre-t-on intensément, horriblement, quand on n'a rien à boire pendant des jours et des jours ?

Je lui demandai quelle pièce elle venait de voir jouer pour avoir de telles préoccupations.

— Un drame ! Une tragédie ! Une vengeance ! me dit-elle, en continuant à rire entre deux picorages.

Elle mordait dans plusieurs petits fours qu'elle abandonnait, ainsi écornés, dans le plat.

— Mangez ce que je laisse, vous connaîtrez ma pensée... et alors, quelle surprise, mon petit Louis-Gabriel !

Brusquement, elle repoussa son assiette, et avec une telle force que celle-ci s'écrasa sur le sol.

J'entendis :

— J'ai quitté mon mari. C'est un monstre. Je ne le reverrai jamais.

Elle pleurait.

Je me levai et la pris dans mes bras. Elle y sanglota longtemps.

Puis elle me dit que c'était moi qu'elle aurait dû épouser, avant de me demander :

— Louis-Gabriel, m'aimez-vous encore ?

— Je n'ai jamais cessé de vous aimer et je crois bien que je vous aimerai toujours.

Elle eut alors cet air de petite fille joyeuse que je lui avais vu parfois, à Newport, lors-qu'elle venait d'interpréter, aussi bien qu'elle le voulait, l'une de ses chansons.

Est-ce elle qui appuya sa bouche sur la mienne ? Est-ce moi ? Je ne sais plus. Mais ce fut elle qui se leva et m'entraîna vers sa chambre.

Je serais bien incapable de me souvenir du grand et célèbre lit de la Suite impériale qui

nous accueillit. Même à mon réveil le lendemain matin, je le vis à peine. Cynthia, déjà
levée, m'appelait de la salle à manger. Elle avait
posé un peignoir de bain à mes pieds. Je le
passai et courus la rejoindre.

Elle avait fait enlever les restes du souper et
m'attendait, assise devant un petit déjeuner qui
me parut de la même exubérance que l'étalage
de nourritures de la veille. J'ouvris la bouche
pour le faire remarquer, mais elle m'arrêta.

– Non ! Déjeunez d'abord, nous parlerons
après.

Elle me servit du café, me beurra des toasts,
m'obligea à manger des croissants.

Je demandai grâce lorsqu'on en vint à ce que
devaient contenir les plats couverts.

– Je *veux* que vous mangiez, Louis-Gabriel.
Je veux vous voir prendre et reprendre de tout
ça... Puis je jetterai ce qui restera de cette nour-
riture par la fenêtre.

Et elle se leva.

Devant mon air stupéfait, elle déclara :

– Vous ne comprenez donc pas ?... Vous
n'avez pas deviné qu'ils sont, *eux*, en train de
mourir. *De mourir de faim.*

26

Je la crus folle. Cette séparation d'avec ce mari qu'elle adorait l'avait sans doute beaucoup perturbée.

– Si vous me disiez, maintenant, Cynthia, ce qui s'est passé ?

Elle me regarda, comme elle l'avait fait parfois, paraissant se demander si l'on pouvait me faire confiance et si je méritais d'entrer dans un secret, puis me dit :

– Oui. Il est temps que vous sachiez tout.

Je résumerai ce qu'elle me raconta et qui fut long à développer tant elle faisait soit des arrêts, que je respectais, soit des rappels de sa vie pendant ces deux années écoulées qui embrouillaient le déroulement du récit.

Et voici ce que j'entendis :

Elle avait l'habitude, lorsque Archie et elle séjournaient à Newport, d'aller seule tous les dimanches voir sa mère. C'était le jour où le magasin était fermé. Dorothy consacrait son après-midi à sa fille. Reggie, lui, continuait à habiter avec elle, mais il laissait les deux femmes seules pour ne pas, disait-il, troubler leurs papotages.

Et ce dimanche-là, Cynthia avait trouvé un mot accroché à la porte : « Eugenia (c'était la jeune domestique de Dorothy) a accouché. Je suis chez elle jusqu'à demain. »

Elle avait sans doute oublié que ses enfants et Archie partaient le soir même pour New York puis pour l'Europe. Ils voyageaient tant !

Alors Cynthia, ses bagages prêts, ses ordres donnés, s'était promenée dans le parc.

Il y avait eu, la veille, un grand vent, presque une petite tornade, elle voulait se rendre compte des dégâts afin que, dès le lendemain, les jardiniers remettent tout en état.

Elle était ainsi allée jusqu'au temple.

Là, elle s'aperçut que la porte de bronze était légèrement entrouverte. Quelle imprudence, avec les diamants de la statue ! Qui s'était montré si négligent ?

Ce ne pouvait être Mildred, elle était en Toscane. Peut-être Archie, venu vérifier, avant son départ, que tout était en ordre ? Et elle s'était approchée de la porte pour la refermer tout à fait lorsqu'elle avait entendu parler.

Elle avait ouvert. Et elle avait vu...

– Ils étaient dans les bras l'un de l'autre et ils... ils s'embrassaient. *Ils s'embrassaient* comme Archie m'embrassait, moi... mais avec tellement plus de passion ! Vous comprenez ce que je veux dire ? *Vous comprenez ce qu'ils étaient ?* Des amants, Louis-Gabriel, des amants !

Elle avait hurlé alors, dans un américain qui m'était inconnu, des mots orduriers. J'en devinai le sens à son intonation et à la fureur qui les accompagnait.

Elle allait et venait dans la pièce à grandes enjambées, elle attrapa un bibelot de porcelaine sur la cheminée et le lança de toute sa force sur les dalles de marbre.

Pétrifié, je me rendis à peine compte de son geste.

J'étais dans un état de stupeur intense.
Archie et Reggie...

Depuis que je connaissais ce désaccord entre
Cynthia et son mari, j'avais envisagé plusieurs
raisons de brouille possibles. J'en avais conclu
que cela ne devait pas être si grave et que d'ici
quelques jours ils seraient réconciliés. Mais ça !
Ça, entre les deux hommes, ne m'avait certes
pas effleuré.

Si je tentais de me souvenir de la façon dont
ils s'étaient comportés à Newport, pendant que
j'y étais, rien ne pouvait me laisser supposer
une chose pareille. Rien.

Pauvre petite, quel choc ! Et je m'entendis
lui dire :

– Quand divorcez-vous ? Et je vous épouse-
rai.

– Louis-Gabriel, on n'épouse pas une criminelle.

27

J'eus à nouveau des craintes pour sa raison. Et comme je la regardais, incertain, j'eus la suite de l'histoire :

Dès qu'elle avait ouvert en grand la porte de bronze et tout compris, ils avaient compris, eux aussi, qu'il ne servirait à rien de nier.

Archie avait dit : « Cela devait arriver, un jour ou l'autre. »

Il avait ajouté qu'il en était plutôt soulagé.

Reggie était resté silencieux.

Alors Archie avait continué, dit que *cela* était et serait toujours. Elle devait le comprendre.

Comprendre quoi ? Qu'Archie ne l'avait jamais aimée, et seulement épousée pour sauver les apparences et aimer Reggie en toute sécurité ?

Oui, c'était ce qu'elle devait admettre, disait-il. Ce que sa mère avait admis.

Ainsi, Mildred savait !

— Ils étaient tous d'accord, tous contre moi, ne pensant qu'à eux et à la dignité des Baxter-Sloane.

Que pouvais-je dire ? Quelles paroles auraient eu le pouvoir de l'apaiser ? Je répétai :

— Divorcez, épousez-moi.

— Pas après ce que j'ai fait.

— Mais quoi donc, bon Dieu ?

— Lorsque Archie s'est tu, lorsque j'ai tout su du complot, j'étais au-delà de la souffrance, j'étais dans un tel état de rage et de fureur que je tremblais. Mais j'ai pu murmurer : « Très bien. J'ai compris. »

Ils ne s'attendaient pas à me trouver aussi calme.

J'ai profité de leur surprise. Je leur ai tourné le dos, j'ai retiré la clef de la serrure et, avant qu'ils aient pu faire un mouvement, j'ai claqué la lourde porte sur eux.

28

Il fallait que je les sauve. Et elle aussi. Elle risquait la chaise électrique. On saurait inévitablement qu'elle était la coupable.

L'horreur, en moi, le disputait à l'effarement. Je ne cessais de la regarder, de tenter de comprendre. Pendant quelques instants je me réfugiai dans le refus : non, elle n'avait pu faire ça !

— Cynthia, avez-vous compris que, s'ils meurent, vous serez découverte et arrêtée ?

— Non. Ne venant là que pour quelques instants avant son départ, Archie aura laissé la clef à l'extérieur... ensuite il aura pu trébucher, cogner la porte qui se sera refermée.

— Alors quelqu'un va la voir, cette clef ? Leur ouvrir ?

Je me raccrochais à cette possibilité.

— Non, une grande branche que le vent a arrachée l'aura fait tomber aussi. On ne la découvrira que lorsqu'on la cherchera, dans l'un des rosiers qui entourent le temple.

J'en perdais la tête. Je ne faisais que répéter :

— Cynthia, je vous en supplie, qui peut-on prévenir ?

— Seule ma mère a une clef, mais pas le téléphone.

— On arrivera bien à joindre quelqu'un qui ira lui dire...

— Je ne veux pas ! Ils doivent rester là à attendre leur mort, lentement, comme je vais, lentement aussi, souffrir chacun des instants de ma vie, à me répéter que tout l'amour qu'Archie me prodiguait n'était que mensonge et fourberie.

Trois heures de tentative de persuasion.

Elle fumait cigarette sur cigarette, buvait du cognac et me regardait avec une détermination ironique.

Et c'était Cynthia, ma petite, ma douce, qui

était là à attendre que, là-bas, deux hommes, son mari et son frère, meurent lentement ?

Qui, mais qui pourrait m'aider à la convaincre ?

J'essayai encore.

Sa monstruosité, sa cruauté me glaçaient d'effroi.

Je m'approchai d'elle, la pris par les épaules, la secouai, la giflai même.

Elle ne paraissait pas m'en vouloir. Et lorsque je la laissai enfin, elle me sourit. D'un petit sourire à la fois amer et désabusé.

Qui pourrait m'aider ?

Charline !

Cela s'imposa à moi tout à coup, je ne m'attardai pas à me demander pourquoi. J'avais besoin d'elle, de son intelligence, de son jugement sûr, de sa force morale.

Je dis à Cynthia que je devais aller à un rendez-vous urgent et serais de retour avant la fin de la matinée.

Elle me répondit avec placidité :

— Ne vous pressez pas. Nous avons tout le temps.

Elle avait de ces mots !...

Je fonçai chez Charline. Par bonheur elle était là.

Mon air hagard l'effraya.

Je lui racontai tout. Enfin presque.

— Qu'attendez-vous de moi ?

— Je ne sais pas. Tout.

Elle ne put s'empêcher de rire. Puis elle fit le point :

Donc nous ne pouvions pas prévenir Dorothy qui n'avait pas le téléphone et nous ignorions celui du gardien de la Villa Océane que Cynthia ne donnerait jamais. Quel autre habitant de New York, de Newport ou de quelque part, nous serait-il possible de joindre ?

Et Charline répéta :

— Il nous faut absolument les sauver, eux et elle... et vous avec.

— Moi ?

— Vous êtes au courant... Non-assistance à personne en danger. Je sais bien que la police n'en arrivera pas là, mais vous, oui et votre conscience avec... Depuis combien de jours m'avez-vous dit qu'ils sont enfermés ?

— Cela en fera huit ce soir et sept nuits.

— Il n'y a vraiment aucune issue ? Ces ouvertures dans le toit dont vous m'avez parlé, elles sont de quelle taille ?

— A peine de quoi y faire passer un rat, à quatre mètres du sol et en glace spéciale très épaisse, intransperçable à mains nues.

Alors Charline me prit dans ses bras et me dit :

— Il n'y a que vous, Louis-Gabriel, qui puissiez arriver à la convaincre. Retournez là-bas, essayez encore, il n'y a rien d'autre à faire.

Je fis ce qu'elle me conseillait. Il me semblait que lui avoir parlé, et qu'elle fût par la pensée avec moi, allait m'aider. Je n'avais pas le temps d'aborder des considérations pareilles, mais me traversa tout de même l'esprit que Charline était vraiment épatante.

29

Au Ritz, dans la Suite impériale, on s'affairait. Un maharaja y était attendu.

— Mrs. Baxter-Sloane a quitté l'hôtel il y a à peu près une heure, me dit-on à la réception. Elle a laissé une lettre pour vous, monsieur Commandeur.

Je ne pouvais pas leur demander où elle était partie, ils ne m'auraient sûrement pas renseigné. Je hasardai :

— Savez-vous si elle aura pu arriver à temps au Havre pour embarquer sur l'*Ile-de-France* ?

— Sans doute, monsieur, le train-paquebot a quitté Saint-Lazare il y a cinq minutes à peine.

S'était-elle brusquement décidée à voler au secours des deux hommes ? Elle avait cinq jours à passer en mer, dans quel état seraient-ils à son arrivée ? A moins qu'elle n'ait décidé de prévenir sa mère.

Je ne pouvais, quant à moi, rien faire de plus.

J'attendis d'être dans ma voiture pour décacheter la lettre.

Le papier était celui du Ritz, l'écriture nerveuse et hâtive. Un graphologue aurait peut-être pu me dire si celle qui l'avait écrite était dans son état normal.

Mon cher petit Louis-Gabriel,

Merci de m'avoir aidée au moment où j'ai senti que je pouvais faiblir et voler à leur secours, ce qu'il ne fallait pas.

Je veux qu'ils passent au moins huit longues journées en souffrant autant que je vais le faire désormais à me rappeler sans cesse que tout ce que j'ai cru vivre de merveilleux depuis le jour où Archie m'a épousée n'a pas existé. Tout était faux de ce que je croyais vrai.

Ils vont, eux, sans répit, se demander si ma mère les libérera.

Puisqu'elle vient, chaque dimanche matin,

jeter les fleurs fanées, vider l'eau des grands vases qui encadrent la porte de bronze et refaire les bouquets.

Vous ne vous êtes pas souvenu de ce détail, ma belle-mère exigeant que son petit temple soit toujours fleuri ?

Ils le savent, eux.

Mais ils ont dû s'inquiéter. Viendrait-elle ? Elle pouvait avoir oublié ou en être empêchée. En l'absence de Mildred, elle néglige parfois d'obéir à ses ordres. Peut-être, justement, parce que ce sont des ordres...

Dans l'une de ces éventualités, que deviendraient-ils, quinze jours leur seraient-ils fatals ?

C'était là ce qu'il fallait que vous m'aidiez à supporter, ce pari que je prenais avec le hasard, cette possibilité tragique pour eux. Et aussi pour moi, sans doute. Comme vous l'avez compris, je risque ma vie, mais pour ce qu'elle vaut maintenant...

Merci de m'avoir offert encore une fois de m'épouser. Peut-être aurais-je pu accepter si ma vengeance ne devait pas se prolonger. Dans le cas où rien de trop grave ne leur serait arrivé, je vais continuer à les torturer. Je vais demeurer là où leur complot m'a placée. Là où je leur sers de paravent. Mais il faut qu'ils le redoutent, ce paravent-là, qu'ils en aient peur. Pensez à ce qu'ils supposeront que je peux encore inventer.

Et aussi, je ne vous vois pas en mari de la femme que je suis devenue.

Il me reste une seconde avant de partir à la gare et je vais vous expliquer ce que j'entends par là : si on épouse une criminelle — quoi qu'il advienne, j'en suis une — il faut être à sa mesure pour ne pas la juger sans cesse. Et vous ne serez jamais, mon ami, ni un justicier ni un meurtrier. Ce que je vous dis là est, à la fois, louangeux et restrictif.

Encore merci, et adieu.

Cynthia.

P.S. : Vous méritiez une récompense. Je vous l'aurai offerte dans le plus beau et le plus célèbre lit de Paris. Et dites-vous que ce fut une récompense pour moi aussi, même si vous jugez que je ne la mérite pas tout à fait.

Reste, comme je vous le disais, ce pari que je

Les Gens de l'été

veux prendre avec le hasard. Si celui-ci fait que
ma mère oublie de venir jusqu'au petit temple,
alors...

C.B.S.

30

Cynthia ne prit pas la peine de m'écrire ce qu'il était advenu des deux hommes.

Mrs. Mortimer ne m'ayant pas fait part d'une tragédie survenue à Newport, j'en déduisis que Dorothy, ou peut-être même sa fille, était intervenue à temps.

31

Nous séjournions l'été suivant à Florence, Charline et moi. En sortant de la torride galerie des Offices, une boisson fraîche nous fut nécessaire.

Il y avait foule dans la ville, nous eûmes du mal à avoir une petite table à la terrasse d'un café.

Charline buvait sa citronnade avec délice lorsque, derrière nous, une voix d'homme dit en américain :

– Ce qui me fascine dans Michel-Ange c'est ce sens à la fois tragique et sublime qu'il a de la vie.

Il me sembla reconnaître cette voix. Je tentai de découvrir à qui elle appartenait, mais un énorme palmier en pot me cachait le personnage. Enfin je sus que c'était Reggie.

Une voix d'homme avait répondu :

— Oui, on sent qu'il n'a pas d'illusions... Mais Dieu est là, toujours présent dans son œuvre.

De Cynthia, je pus apercevoir ce long fume-cigarette que je lui connaissais, tout constellé de pierreries. A un moment, son éclat scintilla entre deux palmes, et j'entendis qu'elle disait :

— Je n'aime pas Florence. Il y fait une chaleur insupportable et il y a trop de monde... D'ailleurs c'est une ville masculine. A part les dentelles et ces affreux cuirs repoussés, il n'y a rien ici pour les femmes. Sauf de la lingerie. Je ne peux quand même pas en acheter plus encore, j'en déborde. Je veux retourner à Venise, une ville féminine qui parle à ma sensibilité. Je préfère ses pimpants palais à ceux d'ici, rigides, sévères, rébarbatifs... et j'en ai assez des moustiques florentins. Je veux retourner à Venise.

— Très bien. Retournons-y.

C'était Archie qui venait de parler. D'une voix calme et froide.

J'avais dû pâlir. Charline me demanda :

— Ce sont *eux* ?

Lorsqu'ils se levèrent et partirent, ils ne nous

virent pas et passèrent, indifférents, hautains, n'abaissant leurs regards sur personne.

– Elle est belle, murmura Charline.

J'approuvai sans penser à ce que je disais. L'aspect de ces trois êtres m'avait bouleversé. Ils étaient toujours superbes, élégants, raffinés, mais sans cette joie de vivre qu'ils étalaient autrefois avec tant d'insolence. Quelque chose en eux était mort.

Le hasard des rencontres – qui habite, à Florence, à chaque coin de rue – nous amena ce soir-là dans le restaurant où ils étaient déjà attablés.

Nous ne pouvions manquer de nous voir. Ils hésitèrent, comme nous, un temps à la fois très court et très long. Puis Cynthia s'exclama dans un grand rire :

– Courageux, vous aussi, dans la fournaise florentine ?

A voir Charline, ils avaient l'excuse de me croire en bonne fortune, ce qui leur permettait de ne pas nous retenir trop longtemps auprès d'eux – quelques minutes, pourtant, qui permirent aux deux femmes un échange de regards. Je ne vis pas celui de Charline. Dans celui de Cynthia, il y avait à la fois de la surprise et ce que je crus être une certaine mélancolie qui se transforma vite en cette ironie que je n'avais jamais beaucoup aimée chez elle, cet éclat argenté et moqueur dans le gris de ses yeux.

Lorsque, au cours du dîner, je me tournais vers eux, j'avais la désagréable impression de les voir en représentation. Ils riaient trop fort, buvaient et fumaient trop. Ce qu'on leur servit me parut repartir presque intact, avec — geste que j'ai toujours détesté — leurs cigarettes écrasées dans leurs assiettes.

— Où veux-tu que nous allions demain ? demandai-je à Charline à la fin du repas.

Nous avions le choix entre le Ponte Vecchio, le Pitti, les jardins Boboli...

Elle me répondit sans sourire :

— Où tu voudras. Sauf à Venise.

Quel inopportun rappel de souvenirs m'amena alors à raconter, peu après, le séjour du trio américain à Paris et le déjeuner que je lui avais offert au bord de la Marne ?

Jamais je n'aurais pensé déclencher la seule grande scène que me fit la douce, la compréhensive Charline. Ce fut la première fois que je la vis éclater en sanglots en me disant :

– Tu n'avais pas le droit !... Tu ne devais pas l'emmener *elle*, là où nous avons été si heureux... là où ce n'était qu'à nous deux.

Les femmes sont incompréhensibles !

Car, enfin, celle-ci avait accepté sans pleurs et sans cris la nuit au Ritz. J'avais été dans l'admiration de cette maîtrise d'elle-même que je mettais au compte de l'amour généreux qu'elle me portait. Et voilà que cette histoire de guinguette au bord de l'eau déclenchait un torrent d'imprécations si inattendues !

Parce que c'était elle qui avait découvert cet endroit ? Parce qu'elle aussi y avait fait des bouquets de boutons d'or en clamant son bonheur vers le ciel ?

32

Le lendemain matin, Charline n'était pas encore prête. Je l'étais, je descendis l'attendre dans le hall de l'hôtel.

A la réception, on me remit une enveloppe contenant une carte postale du Duomo.

Dans la partie réservée à la correspondance était écrit :

« Vous les avez vus ? Ils ont peur de moi ! C'est terriblement excitant. »

C'était signé d'un grand C.

33

Le printemps suivant, j'avais l'intention d'aller surprendre mes parents à Cannes avec Charline, qu'ils espéraient bien avoir un jour pour belle-fille. Ce serait donc pour eux une double joie que notre arrivée inattendue.

J'étais dans mon bureau lorsque ma secrétaire me prévint qu'une dame américaine insistait pour m'avoir au téléphone.

C'était Agatha Mortimer.

Je devais la rejoindre de toute urgence à son hôtel, ce qu'elle avait à me dire ne pouvait l'être que de vive voix. Tout ce qu'elle consentit à m'annoncer fut que c'était une mauvaise nouvelle.

Il était midi, je partis la rejoindre.

J'eus droit à de frénétiques embrassades.

Elle demanda au maître d'hôtel une table où

nous ne serions pas dérangés. A peine assise, posant sa main sur la mienne, elle me dit :

— Nos pauvres amis, ma pauvre Mildred... Archie et Reggie ont disparu en mer au large de Newport. Ils étaient pourtant d'excellents marins, mais ils n'ont rien pu faire contre la tempête qui s'est élevée tout à coup... Ils auraient dû être plus prudents, un très mauvais temps était annoncé, et ils sont partis quand même. Mildred a perdu son fils unique et Cynthia son mari et son frère.

— Cela s'est passé quand ?

— Il y a quinze jours. Je suis arrivée hier soir à Paris et j'ai pensé tout de suite à vous prévenir.

— On a retrouvé les corps ?

— Pas encore... Mais les retrouvera-t-on jamais ? Les requins...

— Où peut-on écrire à Mildred et à Cynthia ?

— L'épave du voilier a été récupérée. J'imagine qu'elles attendent là-bas une improbable découverte des corps.

Si je n'avais pas demandé à Charline d'être ma femme, serais-je allé rejoindre Cynthia ?

J'hésite à répondre. La Cynthia que j'avais aimée n'existait plus. Une Mrs. Baxter-Sloane l'avait remplacée. Celle-là ne m'émouvait pas autant que la toute jeune fille au maillot de bain qui déteignait et dont elle avait honte.

J'écrivis aux deux Mrs. Baxter-Sloane. Je ne reçus en retour qu'un carton imprimé de remerciement.

Nous descendîmes à Cannes, Charline et moi. J'annonçai notre mariage à mes parents. Leur bonheur me réjouit.

Charline et moi nous installâmes dans l'hôtel du faubourg Saint-Honoré.

Ma femme appréciait nos tapisseries et voulait me seconder. Ma secrétaire me quittait, elle la remplacerait.

Je ne tardai pas à me féliciter d'avoir ainsi moins de personnel, le krach de 1929 ralentissait notre commerce avec les Etats-Unis.

34

Quarante années devaient s'écouler avant que j'entende parler à nouveau des Baxter-Sloane.

Le temps avait passé si vite !

J'avais eu, comme tout le monde, de bons et de mauvais moments. Ces derniers, vécus aux côtés de ma Charline, dans cette atmosphère de sérénité qu'elle savait préserver, avaient été supportables.

Nous avions eu deux garçons. Ils s'étaient, en quelque sorte, allégrement partagé ma double personnalité.

L'aîné dirigeait Commandeur. Le cadet la galerie de tableaux modernes que j'avais créée pour lui. Du premier, nous avions déjà un héritier, le « et Fils » de notre raison sociale.

Les Gens de l'été

Mrs. Mortimer morte, je fus privée de ma gazette parlante.

Je faisais, de temps à autre, un voyage aux Etats-Unis. J'allais au Museum of Modern Art, à celui de Peggy Guggenheim, ou dans des galeries. On ne parlait pas, dans ces lieux, de mes anciens amis.

Puis, en cette année 1970, j'eus envie de voir ce qu'étaient devenues les belles *mansions* de Newport, toutes offertes à l'Etat par leurs propriétaires, qui avaient dû renoncer à leur coûteux entretien.

35

Et j'arrive, un matin, à l'entrée de la Villa Océane.

Le gardien est méfiant :

— Vous avez séjourné ici ? En quelle année ? Et d'abord, comment vous vous appelez ?... Parce que des gens qui se font passer pour des amis de la famille Baxter-Sloane et veulent visiter, non seulement sans payer, mais en étant seuls dans la maison pour se souvenir, j'en vois, j'en vois, monsieur...

Je dis que je veux acheter mon ticket, n'aller que sur les terrasses, traverser la pelouse, descendre le grand escalier jusqu'à la plage, m'asseoir sur la dernière marche et rester là.

Il me regarde plus attentivement. Il pense peut-être que, sur la plage, il n'y a rien à voler ni à détruire. Il me jette, adouci :

— Bon, c'était en quelle année ?

— En 1926 et 1927.

J'ai droit à un examen plus complet de ma personne. Sans doute à un rapide calcul aussi. Il y a donc au moins quarante-quatre ans de ça !

— C'est facile à vérifier. C'est mon père qui tenait le livre des visiteurs, à cette époque. Et comment vous m'avez dit que vous vous appelez ?

Il tire un calepin de sa poche, me fait épeler mon nom, écrit, puis disparaît.

Je suis là à attendre devant ce qui, autrefois, était le logement de gardiens devenu, me semble-t-il, bureau et vestiaire de ceux qui ont maintenant la charge de faire visiter la Villa Océane.

Il y a un banc de pierre non loin de là, je m'en souviens. Beaucoup de choses me paraissent avoir changé dans les jardins. Je vois les différences. Au fur et à mesure que le passé s'éloigne, se précise-t-il vraiment ?

La demeure, je la reconnais, bien sûr. Mais le silence qui l'entoure la rend tout autre. Les bruits, les voix, ce bruissement de la vie dans lequel elle se dressait, si vivante elle aussi... Je comprends pourquoi certains Orientaux détruisaient la maison d'un mort. Afin qu'elle meure en même temps que lui.

Le gardien revient. Il tient un grand livre relié en cuir brun et me le tend ouvert, pour que je puisse y lire, parmi la liste des invités de l'été 1926 : « 6 août : M. Louis-Gabriel Commandeur. De Paris. »

– Et maintenant, votre passeport.

Il vérifie. Je suis bien qui j'ai dit.

Ce n'est plus le même homme. Il me sourit.

– Je ne vous ferai pas croire que je me souviens de vous... Et vous avez dû changer, depuis si longtemps, comme moi. Et vous ne devez pas vous rappeler Josuah, premier valet de pied de Mrs. Baxter-Sloane aux ordres de M. Batterfield, notre majordome de l'époque. Un Anglais terrible, celui-là. Il inspectait notre tenue, puis nous faisait lever les bras et nous reniflait. Oui, monsieur, et gare à qui sentait la transpiration. A l'amende ! Et vous savez de combien ? De trois pence, ce qui était beaucoup, à cette époque. Du temps du vieux M. Baxter-Sloane, ça n'aurait pas été possible, mais avec sa belle-fille – celle que vous avez dû connaître, la veuve de M. Archibald, Mrs. Mildred – c'était autre chose. Le majordome anglais, c'est elle qui l'avait exigé. Faut dire qu'ils étaient presque tous anglais, les majordomes, dans les châteaux alentour, alors, n'est-ce pas... Et je vais vous confier quelque chose, à vous qui êtes venu ici à l'époque que nous appelons le *gilded age* : je l'ai gardé, mon uniforme couleur « bleu océan sous le soleil », comme l'avait voulu Mrs. Baxter-Sloane, avec galons et boutons d'or, bas blancs et souliers à grosses boucles. Ma femme le sort parfois de sa housse. Elle était aux cuisines, elle...

Je le laisse se faire plaisir, il parle, il parle. Enfin j'achète mon ticket d'entrée. Même pour une visite des jardins, c'est plein tarif.

– Vous pouvez rester autant qu'il vous plaira sur la plage et même dans le parc. Si je puis dire, vous êtes encore l'invité de Mrs. Baxter-Sloane. Mais nous, nous fermons à six heures.

Il rit.

J'ai acheté des pommes à Newport. J'en croquerai une, comme Cynthia lorsque je l'ai vue ici la première fois.

Parfum du fruit, mêlé à celui de la mer. Grains de sable, qu'un coup de vent subit vient de me faire crisser sous la dent. Et ciel bleu, soleil, goût de bonheur, tout me revient comme si une grosse vague me roulait dans son déferlement.

Cynthia... Cynthia de ma jeunesse...

J'ai parlé à haute voix. Je suis vieux...

Je voudrais l'entendre encore chanter en s'accompagnant au banjo ce negro spiritual que j'aimais :

J'veux pas rester en arrière,
J'veux pas rester en arrière, mon Dieu !
Les roses sont écloses,
Les roses sont écloses,
Les lys, ils sont fleuris,
Y a de la place, y a de la place
J'sais qu'y a de la place au Paradis !

Et après ? Après je ne sais plus.

Elle nous l'avait pourtant chantée et rechantée, cette chanson-là, pour nous encourager au travail dans le petit temple.

Qu'en est-il de celui-là ? Le montre-t-on aux visiteurs ?

Je me dirige vers lui.

Il est là, devant moi. D'une rigueur et d'une distinction qui donnent des leçons alentour. Aux deux vieux chênes qui se laissent aller, ébouriffés ici, dégarnis là. Aux rosiers toujours fleuris dans le désordre.

Je retrouve la suite du negro spiritual :

> *Les anges chantent,*
> *Les anges ils chantent en l'air,*
> *J'veux pas rester en arrière, mon Dieu,*
> *J'veux pas rester en arrière,*
> *J'sais qu'y a d'la place au Paradis.*

Mildred est-elle allée au Paradis ?

Elle est morte en 1967. Agatha me l'avait fait savoir. Ses cendres ne reposent pas ici. Ce coin du parc de Versailles aux trois bosquets a été souillé. Qu'a-t-il vu, le regard de diamant bleu ? Deux hommes emprisonnés qui avaient peur, gémissaient, criaient peut-être ?... Ou deux amants sereins, la main dans la main avec une certitude au cœur : s'ils devaient mourir, ils s'en iraient ensemble.

« J'sais qu'y a d'la place au Paradis ! »...

Reggie avait une belle voix, lui aussi. Il a peut-être chanté ça, en attendant d'être délivré. Ou de mourir.

Je m'assieds contre l'un des chênes.

Il a gardé la bonne chaleur que le soleil lui a donnée pour réchauffer son vieux tronc. Il la partage avec moi. Entre vieux, on s'aide.

Ai-je dormi ?

Le gardien se tient devant moi.

— Je me demandais où vous étiez. Il va être six heures.

— J'ai voulu revoir le petit temple. C'est moi qui en ai décoré l'intérieur. Le visite-t-on ?

— Non. Mais à vous je peux le montrer, si vous y tenez... Mrs. Baxter-Sloane, quand elle est venue nous voir la dernière fois, juste avant sa mort, elle n'a pas voulu y entrer. Pensez ! Ça a été si terrible ce qui s'est passé. M. Archibald Jr. a fait un faux pas, s'est raccroché à la porte et l'a poussée. Ça n'aurait pas été grave s'il n'avait pas laissé la clef à l'extérieur. Mais clac ! Ça s'est refermé sur lui et sur M. Reggie... Ils étaient juste venus jeter un coup d'œil ici avant de partir pour l'Europe. Si vous les aviez vus quand on les a sortis ! Douze jours et douze nuits, monsieur, qu'ils ont passés là... Parce que personne ne savait rien. Mme Cynthia était partie en avant pour New York, c'était prévu comme ça. Et le malheur, il a été aussi que Mme Dorothy, qui venait tous les dimanches matin changer les fleurs, a attendu cinq jours de plus parce qu'elle avait un empêchement. Les pauvres jeunes messieurs ! L'a fallu des brancards pour les ramener à la maison, et bien du temps pour qu'ils se remettent. Mme Cynthia est revenue s'occuper d'eux. C'était des amis d'enfance, tous les trois. Ils avaient joué ensemble sur la plage quand ils étaient petits... et ils faisaient du bateau. Et c'est comme ça qu'ils sont morts, les deux jeunes messieurs,

157

pendant l'été 30... C'est un grand traître, l'Océan, faut jamais s'y fier.

« Voilà ! Entrez. Les fleurs sont fraîches. Mme Dorothy les a changées hier.

– Elle vit toujours ?

– L'est plus gaillarde que jamais, malgré ses malheurs...

Les bosquets sont toujours verts.

La statue a toujours ses paupières d'or baissées.

Qu'a-t-il vu encore, il y a maintenant quarante ans, le regard de diamant bleu ? Est-ce ici que les deux hommes se retrouvaient ? Lui fermaient-ils les yeux pour qu'elle ne voit pas *ça*, l'effigie de Mrs. Baxter-Sloane ?

Je soulève les paupières d'or.

Les diamants ne sont plus là. Deux pupilles de verre les ont remplacés.

Même pas de ces pierres demi-précieuses dites aigues-marines, du simple verre bleu.

Aucun de ceux qui entrent ici désormais n'a été jugé par Mildred digne de mériter davantage que du vulgaire verre de couleur.

36

Le gardien m'a dit que Mrs. Fairfax habite
toujours à la même adresse.

Le magasin double n'existe plus. La petite
maison est redevenue simple habitation. Aux
fenêtres, il y a des jardinières blanches garnies
de fleurs.

C'est Dorothy qui vient m'ouvrir.

Elle porte une robe noire recouverte d'un
tablier de toile bleue, et un chapeau de paille
sur ses cheveux tout blancs. Je l'aurais recon-
nue, même hors de chez elle, à sa silhouette
fluette et à ses yeux noirs, toujours malicieux.
Elle tient un sécateur à la main, comme lorsque
je l'ai vue la première fois.

— Je me demande, madame Fairfax, si vous
allez me reconnaître. Il y a si longtemps...

Elle me regarde. Longuement.

— Le Français !

Mon accent, bien sûr. Mais peut-être aussi se souvient-elle de moi.

Je lui rappelle que j'étais venu décorer le petit temple. Je m'aperçois, trop tard, que je n'aurais pas dû évoquer un souvenir pénible.

Contre toute attente, elle rit.

— Ils ont bien failli perdre chacun quatre à cinq livres de plus ! Il faut vous dire que j'attendais que mes lupins et mes roses trémières fleurissent. C'est le genre de fleurs qu'il faut pour les grands vases. Je sais que là-bas, dans l'ombre, elles ne s'épanouissent pas vite, alors j'attendais. Les pauvres petits gars... Reggie a dû avoir plus peur encore que lorsque je l'enfermais dans la cave quand il était allé nager trop loin en mer et que je devais le punir parce que c'était dangereux... Mais il nageait si bien, tout comme Archie...

Voilà un sujet que je n'aurais pas abordé. Mais elle y vient d'elle-même, comme si son fils et Archie ne s'étaient pas noyés dans l'Océan dont nous voyons la ligne bleue de ses fenêtres.

160

Je demande, pour lui parler de ce qu'elle aime :

– Vous les continuez donc, vos bouquets dans le petit temple ?

– Mildred n'est plus là, mais je le fais quand même. C'est si important... Sans eux... Approchez-vous de moi pour que je vous dise quelque chose que personne ne sait : *ils ont bu l'eau des vases et mangé les pétales des fleurs...* Et puis aussi, je l'ai lu dans mes livres, les dieux grecs, lorsqu'ils avaient aimé de beaux jeunes garçons, et que ceux-ci mouraient, ils les transformaient en fleurs. L'anémone, la jacinthe, le narcisse, la violette sont de beaux jeunes gens qui ont fini comme ça, sous une apparence de fleurs. J'y pense toujours lorsque je suis dans mon jardin. Et pourquoi ce serait mal de s'aimer et, après, d'être changés en fleurs ? C'est beau quand la terre se couvre d'anémones, de jonquilles et de violettes, alors je regarde le ciel qui a permis ça. Il ne nous les donnerait pas, ces fleurs, s'il y avait en elles quelque chose de mal... Vous pensez comme moi ?

Que répondre ?

Elle ajoute qu'elle aimait beaucoup Archie.

161

Quand il était enfant, il venait toujours manger
des petits gâteaux chez elle. Il les disait meilleurs que ceux de chez lui.

— Ils avaient un pâtissier rien que pour eux,
pour leurs desserts. Mais Archie préférait les
miens.

Elle sourit à nouveau. Et continue :

— La Grèce, vous connaissez ? Moi j'y suis
allée, il y a quelques années. Au printemps. J'ai
vu ce qu'on appelle les Cyclades, toutes ces
petites îles... Il y en a, il y en a... Et personne
là-bas ne fait attention à vous, ne sait qui vous
êtes... J'ai vu Olympie aussi. Ces grandes prai-
ries fleuries où dorment les tronçons de colonnes du stade et des morceaux de chapiteaux,
tout ça enfoui dans des champs d'anémones,
de violettes, de narcisses. Des milliers et des
milliers de fleurs... Du temps des Jeux, c'étaient
les jeunes garçons athlètes qui étaient là, maintenant ce sont les fleurs...

Elle rit et ajoute :

— C'est pareil, non ?...

Elle paraît rêveuse un moment, et dit :

— Et puis tout change tellement... Vous avez
vu les *mansions* fermées ? Et on s'en va sur la

162

Lune ! Alors tout ça, et les idées des gens sur ce qu'on peut faire et ce qu'on ne peut pas faire...

Elle rit encore. Elle m'offre du café et des gâteaux. Rassis. Je suis sûr qu'après mon départ elle les remettra dans leur boîte en fer où ils vieilliront encore plus.

Elle est si paisible. J'ose à peine lui demander ce que devient Cynthia.

— Elle continue à voyager. Lorsqu'elle reste trop longtemps à New York elle doit s'ennuyer, alors elle part. Je lui ai raconté la Grèce, un jour. Ça ne l'intéresse pas. Elle me dit : « Ne me parle jamais de ce pays. »

« J'ai une boîte pleine des cartes postales qu'elle m'envoie avec des timbres de partout. J'en ai déjà offert à l'école pour les leçons de géographie. On m'a beaucoup remerciée...

Puis, tout à coup :

— Vous vous rappelez les beaux diamants bleus de Mildred ? Cynthia espérait qu'elle les lui donnerait. Eh bien non, elle les a légués à un institut de recherche pour les aveugles. Elle aurait dû les offrir à ma fille qui est, quand même, la femme d'Archie. Elle ne devait pas

163

non plus abandonner la *mansion* à l'Etat sans m'en avertir. C'est notre terre ancestrale... et Mildred a vite oublié que j'ai été d'accord tout de suite avec elle, pour le mariage.

« Maintenant, la maison est à tout le monde et à personne. Tout change. Tout...

Elle rit à nouveau. Un petit rire joyeux, avant de me dire :

– On ne pense plus comme avant non plus, pour beaucoup de choses... Croyez-moi, ce sont les dieux grecs qui ont raison... les fleurs, les fleurs...

Épilogue

Au retour, à bord du *France*, Louis-Gabriel Commandeur parla à peu de passagers.

Tout juste demanda-t-il au président d'une grande société d'aviation américaine :

– Pourquoi voyager sur un paquebot, vous qui avez tant d'avions ?

– J'ai voulu voir comment c'était, avant qu'ils disparaissent... remplacés par mes avions, précisément.

Ce temps qui passait et changeait tout rappela à Louis-Gabriel sa conversation avec Dorothy. Il lui faudrait en parler avec Charline. Bien se souvenir de tout ce que la vieille dame avait raconté. Sans oublier cet air malicieux qu'elle avait, comme si elle riait en dedans de

quelque chose connu d'elle seule. N'était-il pas
étrange qu'elle n'ait guère évoqué la noyade des
deux garçons ?... Et qu'elle parle tant de la
Grèce, le seul endroit d'Europe où elle soit
allée... dont il fallait se souvenir que Reggie
disait si souvent combien il aurait voulu y
vivre ?...

Et aussi, Dorothy, sur le pas de sa porte, au
moment du départ, avait ajouté qu'à chacun
de ses voyages à Paris Cynthia lui avait télé-
phoné. Mais qu'il était malheureusement
absent, toujours à Bruxelles, Londres ou
Madrid.

Qu'était-ce encore, cette histoire ? Charline
avait-elle omis, sciemment, de lui communi-
quer ces appels ?

Mais, arrivé à Paris, il ne dit rien de tout
cela à sa femme.

Il ne pensait plus qu'à la grande décision
qu'il venait de prendre.

Et il annonça à Charline qu'il fallait, dès
maintenant, s'occuper de leur petit-fils.

Ce serait lui qui, plus tard, dirigerait Commandeur et Fils. Ses parents ne semblaient pas se rendre compte qu'il avait sept ans déjà.

L'éducation esthétique à la John Ruskin, pas de jouets, aucune distraction enfantine, rien d'autre que la contemplation des chefs-d'œuvre, c'était exagéré. Alors que s'imbiber doucement, lentement, de beauté, dans une ambiance artistique constante, voilà qui formait l'œil à jamais !

Il était temps de lui apprendre l'*Histoire du Roi*, à ce garçon.

Il allait s'en charger.

Dès demain.

REMERCIEMENTS

Comme l'a dit Erik Orsenna[1] : « Tout livre est fait d'autres livres. »

Le mien doit beaucoup à *L'Histoire du Roi* de Daniel Meyer (Éditions de la Réunion des Musées Nationaux, 1980), à *Les Gobelins* de Jean Coural (Nouvelles Éditions Latines, 1989) et à *Montparnasse de la Grande Epoque* de Jean-Paul Crespelle (Hachette, collection « La Vie Quotidienne », 1976).

---

1. *Portrait d'un homme heureux*, Fayard, 2000.

DU MÊME AUTEUR

Aux Éditions Robert Laffont

LA FONTAINE ROUGE
  1. Simon
  2. Francisca
  3. Olivier

LA TRAVERSÉE DE FIORA VALENCOURT

LA REINERIE

LA ROSE AMÈRE

COMME UNE SOIE BYZANTINE

LA DENTELLIÈRE D'ALENÇON

JUDITH ROSE

COULEURS DE PARADIS

DANS UN GRAND VENT DE FLEURS

UN GOÛT DE BONHEUR ET DE MIEL SAUVAGE

LA JEUNE AMANTE

BAL AU PALAIS DARELLI

LA JEUNE FILLE ET LA CITADELLE

QUATRE SAISONS PARMI LES FLEURS

FABULEUSES DENTELLES, en collaboration avec Ghislaine
Schoeller

Aux Éditions Flammarion

LES JARDINS DE VANDIÈRES

La composition de cet ouvrage
a été réalisée par I.G.S. Charente Photogravure,
à l'Isle-d'Espagnac,
l'impression et le brochage ont été effectués
sur presse Cameron dans les ateliers
de **Bussière Camedan Imprimeries**
à Saint-Amand-Montrond (Cher),
pour le compte des Éditions Albin Michel.

Achevé d'imprimer en mai 2002.
N° d'édition : 20720. N° d'impression : 022200/4.
Dépôt légal : juin 2002.
Imprimé en France